어머니 행주치마

어머니 행주치마

전영순 수필집

도서출판 한길

햇살 좋은날엔 집 근처 가까운 공원을 서성인다.

마음에 휴식을 주기 위해서다.

걸으면서 사색을 즐길 수도 없는 작은 공원이지만 해묵어 제법 거칠어진 나무들은 가지치기가 잘 되어 그 모습이 더욱 수려하다.

나뭇가지마다 잎이 풍성하여 봄, 여름, 가을, 겨울, 눈 호강을 시켜준다. 공원의 키 작은 꽃들도 화려하지만 라일락꽃 향기가 은은하고 수국이 탐스럽다.

"엄마 사랑해요."

중년이 다된 아들에게서 느닷없이 문자가 왔다.

사랑이란 말은 참 달콤하고 보드랍다.

단단하게 뭉쳐서 아픔을 호소하던 마음의 근육도 한결 부드러워진다.

힘겨웠던 지난 삶의 이야기들을 틈틈이 써서 발표했던 글들을 묶어 한권의 책으로 내 놓는다.

성취감에 앞서 부끄러운 마음이 깊다.

고단한 일상 속에서도 내 아이들에게 감사하고 따뜻한 어머니로 기억 되고 싶었고, 한 남자의 여자로 아름다워 지고 싶은 열정의 시간을 지나 왔다.

"그동안 별 일 없었지요?"

나의 안부를 염려하는 따뜻한 말 한마디에 눈물을 주체 할 수 없다.

긴 세월 변함없이 나의 삶에 희망과 힘이 되어 주신 많은 분들께 깊은 감사의 인사를 드립니다.

2019년 봄

차례■

제2부

자주 감자

차례■

제4부

통일호 열차

제1부

봄 편지

사기 등잔 불빛 밑에서 숙제를 하다 잠이 들면 심지에서 불꽃과 함께 발산되는 석유 그을음이 코밑으로 거뭇하게 묻어도 아무도 그런 것을 눈여겨보지 않았다.

옛집을 지나며

지금도 잊지 못하는 그리운 옛집이 있다.

결혼 후 두 번째로 장만한 그 집은 오십 평 되는 아담한 양옥이었다. 그 시절 철근 콘크리트 집이면 최고의 주택이었다. 십여 년 동안 그 집에 살면서 얼마나 많은 꿈을 꾸며 희망을 설계했는지, 지금도 그 집 앞을 지나치면 가슴에 싸아한 그리움이 번진다.

어떤 사람들은 백 평도 넘는 정원을 가꾸며 살아가지만, 물려받은 것 아무것도 없는 우리에겐 그 집은 정말 소중한 것이었다. 그 집은 제법 넓은 소방도로를 낀 끝머리 길가에 자리하고 있어서 우리는 앞마당을 털어 작은 점포를 만들었다. 그러면서 한 켠으로 대문을 세워 문패를 달고 대문 옆으로 귀여운 발바리 한 마리를 키웠다. 그리고 안채와 대문 사이에 작은 화단도 꾸몄다.

봄, 미소 짓는 목련

봄에는 제일 먼저 개나리가 담장 너머로 수줍은 미소를 띠었다. 작은 화단엔 산목련 한 그루가 있었다. 짙푸른 산목련 나무 순 꼭대기에 새하얀 목련이 외롭게 피면, 남편과 나는 푸른 잎 사이로 드문드문 피어 있는 목련을 한참 바라보곤 했다.

"당신, 저 꽃하고 무척 닮았어."

남편의 그 말에

'저 작은 꽃이 나를 닮았다니……' 하고 쑥스러워했다. 그 꽃이 단아하고 순백색이었으니 말이라도 나는 기분이 좋았다. 봄기운이 여물어가면 등나무와 포도나무가 대문 위로 올라가기 시작한다. 두 그루의 포도나무는 이십 여 년 동안 한 번도 거름을 주지 않았지만 신통하게도 달콤한 열매를 맺어 주었다. 하루에 두서너 송이씩 따서 아이들에게 주면 아이들은 좋아라 손뼉을 쳤다.

화단 한 모퉁이에 탐스러운 겹장미가 몇 송이 오색 드레스를 입은 것처럼 피어났다. 늠름한 전나무는 옥상 끝을 넘어서 푸르기만 했다.

어느 늦봄, 남편은 주목 한 그루를 식목하고 해마다 그 꽃이 필 때마다 사랑스러운 눈웃음을 보내주었다. 남편이 다른 지방으로 출장을 다녀올 때마다 귀한 돌이라면서 몇 점의 돌을 가져다 잘 정돈해놓으니 제법 화려한 정원이 되었다.

그 돌 사이사이로 조롱박 씨를 드문드문 심었더니 앙증맞은 조롱박이 여러 개 달렸다. 나는 어릴 적 시골집에 할머님께서 하셨던 것을 흉내 내어 솥에 삶았다. 조롱박 껍질을 긁어 반으로 잘라서 속을 파내어 정성 들여 말려 보았다. 그런데, 그렇게 정성을 들였건만 말라서 비틀어져서 안타까웠다. 하지만 콧노래가 절로 나오도록 신기해서 안방 벽에 걸어두고 자주 쳐다보곤 했다. 후에 그 집을 팔고 이사 오면서 가장 아까워했던 것은 등나무였다.

여름, 꽃과 별의 향연

여름이면 등나무가 가지를 비비 꼬면서 대문 위로 올라가 옥상을 푸르게 장식했다. 무성한 잎도 장관이었지만 등나무 꽃이 주렁주렁 매달려 향기가 진동했다. 보랏빛 탐스러운 꽃이었다. 손바닥만 한 작은 화단엔 꽃과 잎의 향연이었다. 마치 나의 젊음이 그 안에 들어가 앉아있는 듯했다. 언제나 활기차고 무슨 일에는 적극적이었던 그 시절, 그 여름에 나의 젊음이 푸른빛으로 화단에 흘러넘쳐 화단과 내가 늘 같아 보이는 듯했다.

옥상 시멘트 바닥은 낮 동안 달아오른 태양 열 때문에 밤이면 따끈따끈했다. 그 따끈한 바닥에 등을 대고 누워 밤 하늘 별을 보면서 그리운 얼굴을 떠올리곤 했다. 별을 손으로 그어가며 편지를 쓰고 지우고 쓰고 지우며 사람들을 떠올리고 지웠다. 그들이 나를 여전히 기억하고 있으면 좋으련만, 하는 생각을 가져보며 그들과 함께하던 지난날들을 생각하며 혼자 웃곤 했었다.

혼자 웃는 재미로 옥상을 자주 오르던 여름이었다.

가을, 풍요를 가져다주던 열매

가을에는 옆집 대추나무에 가지가 휘어질 정도로 주렁주렁 붉은 대추알이 매달렸다. 대추가 후드득 땅에 떨어지면 누가 볼 새라 얼른 집어 우두둑 깨물었다. 그 달콤하면서도 쌉쌀한 맛……, 나는 그 맛을 영원히 잊지 못할 것이다.

앞마당 가게 위 옥상에는 내가 손수 담근 된장이며, 고추장, 마늘 장아찌들이 옹기종이 모여 가을볕을 쬐고 있다. 찹쌀과 보리, 콩 등을 한 통 쪄 옥상 바닥에 널어 말린 다음, 가루 내어 미숫가루를 만들어 아이들에게 주던 그 즐거움은 가을에만 경험할 수 있는 것이었다. 학교에서 땀방울이 송송 맺혀 돌아온 아들 녀석에게 얼음 몇 조각을 둥둥 띄운 미숫가루에 꿀을 넣어 한 그릇 타 주면, 단숨에 한 대접 훌쩍 마시던 아들의 모습을 보며 얼마나 뿌듯해했던가.

뒷줄엔 오래된 한옥이 있어 가끔씩 어미 쥐, 새끼 쥐가 떼를 지어 우리 집 정원에 나타날 때도 있었다. 쥐를 잡겠다고 발바리가 뛰어다니면서 화단을 망친 적도 있었다. 그래도 발바리는 강아지 새끼를 두 번이나 낳아서, 우리는 정원의 마당을 귀여운 새끼들에게 내주기도 했다. 뒤뜰엔 귀뚜라미가 슬피 울어 술과 외박이 빈번했던 남편 대신 밤을 보내주었다.

어느 가을날, 해가 어둑해질 무렵이었다. 가게 유리창을 왕모래 같은 것이 부딪는 소리가 들려왔다. 누군가 우리 집에 일부러 모래를 뿌리는 듯했다. 나는 갑자기 공포가 엄습해와 잔뜩 웅크리고 있다가 조심스레 바깥을 나가 보았다. 우습게도 그것은 옥상을 타고 뻗어 있던 등나무 씨가 말라서 유리창에 부딪히고 떨어지는 소리였다.

겨울, 김장김치와 책 읽기

겨울이 오면 남편은 화단에 옹기를 묻었다. 김장 김치를 담기 위해서였다. 옹기 세 개를 포도나무 밑에 묻어 김치를 넣어두면 늦봄까지도 싱싱한 김치 맛을 볼 수 있었다. 눈이라도 오면 사철나무가 푸른 몸에 흰옷을 입은 모습이 아담하면서도 의연했다. 나뭇잎이 모두 떨어진 정원에 눈이 쌓이고, 아이들과 작은 눈사람을 만들어놓으면, 그 눈이 녹기까지 나는 책을 읽어갔다.

눈이 내리는 소리를 어느 시인이 여인의 옷 벗는 소리라 했던가, 나는 책장 넘기는 소리와 눈 내리는 소리에 파묻히는 즐거움을 누리며 겨울을 보냈다.

그 집에서 십 년 남짓 살다가 큰길가에 가게를 꾸려 이사 온 지도 벌써 십오 년이 흘렀다. 눈코 뜰 새 없이 바쁘게 살다 오랜만에 옛집이 그리워 그 골목을 지나쳐본다. 퇴락한 담을 끼고 걷다 보니 금방이라도 젖니 빠진 아들 두 녀석이 '엄마' 하고 부르며 달려 나올 것 같다.

그 집에다 나는 내 젊은 영혼을 흘려놓고 왔다.

가지치기

도로변 가로수들을 보며 주변 상가 주인들은 가끔 짜증을 낸
다. 나뭇가지가 늘어지고 잎이 무성해지면 간판이 잘 보이지
않아 화가 나기도 한다.

한해 걸러 한 번씩 행정기관에서 가로수 가지를 칠 때면 나는
인부들을 올려다보면서

"저 가지 하나만 더 잘라 주세요."

하고 부탁을 해 보기도 했다.

가지를 치는 사람들은 주변 상인의 말을 들은 척도 하지 않고
꼭 쳐주어야 될 가지만 조금씩 잘라주고 다른 나무로 가버린
다. 두어 번 그런 무안을 당하고 보니 이젠 밖을 내다보지도 않
게 되었다. 하기야 간판이 잘 보이도록 잔가지를 다 잘라버리
면 거리는 삭막해질 것이고 그늘이 없는 인도를 햇빛이 강한
여름날 사람들은 얼굴을 찡그리며 지나갈 것이다. 여름철 가로
수 그늘은 사막의 오아시스처럼 인도 위로 다니는 사람들에게

잠시 휴식 같은 기쁨을 준다.

　도로 건너편이 칠십 가까이 되는 노부부가 3층 건물을 임대하고 있다. 그 댁 바깥주인은 그 집 앞 도로변 가로수 은행나무 밑에 재활용 봉투에 담긴 쓰레기가 놓여 있는 것을 보면 쓰레기 버린 사람 집을 찾아가 화를 버럭 내기도 한다. 선거 때는 투표 참관인으로 나가서 앉아 있으시는 동네 어른이시기도 하다.

　예외 없이 그 건물 앞 도로 위에도 은행나무 가로수가 제법 무성해서 건너다보이는 내 시야에도 간판을 가리고 있었다. 그런데 이상하게도 그 집 앞에 나무는 삼 년 전부터 아예 말라서 죽고 말았다. 봄이 와도 새잎이 나오지도 않았다. 주변 사람들의 이야기를 들으니 나무가 이유 없이 말라죽어서 지난해 다시 새 나무를 식목했다는 것이었다. 그렇게 다시 심은 나무도 죽고 말았다.

　나는 그 집을 건너다보며 생각했다. 커다란 전신주가 그 옆에 있어 복잡하기도 했을 것이다. 아마 나라도 짜증스러워서 그 나무를 잘라버리고 싶은 심정이기도 했을 것이다.

　큰길가에는 일정한 거리를 두고 가로수 나무가 있다. 그 집을 볼 때마다 한 칸 빠진 듯해서 썰렁하니 보기에 좋은 느낌이 없다. 죽은 나무의 시커멓고 앙상한 모습만 보면 그 집 노부부의 깊게 팬 주름과 거칠한 모습을 연상하게 된다. 귀찮은 점도 있지만 나무 한 그루가 집 앞에 서 있어서 노부부는 싱싱한 계절의 변화를 느꼈을 것이다. 사람마다 살아가는 가치관이 다르니 그 일에 대해서 더 말할 것도 없겠다. 나는 사람도 나무처럼 산다고 생각을 해 본다.

어떤 사람들은 나무에 가지를 치듯 냉정하게 괴롭고 불행한 결혼생활을 정리하고 새봄이면 다시 싹을 내는 나무처럼 새로운 삶을 출발한다. 그 반대의 사람들은 괴로움이 많아도 하루하루 살다 보면 나무에 가지가 부러지는 모습처럼 제 모습을 찾지 못하고 불행하게 사는 사람들도 많다. 가지가 많은 나무는 잎 또한 무성하다. 바람결에 설렁설렁 흔들리는 모습은 늠름하고 믿음직스럽다. 나뭇잎은 벌레가 먹고 먼지가 끼어있어도 가을날 거뭇거뭇하게 예쁘지 못한 색으로 단풍이 들어 떨어져 내려도 싸늘한 겨울에 홀로 벌판에 서 있어도 나무는 초라해 보이지 않는다.

나도 살아가는 일이 답답할 때 순간순간 못 견디게 가지를 시원스럽게 쳐버리고 싶을 때가 있다. 그러나 그 순간만 잠시 비켜서 생각하면 나로 인해 그늘이 되어 잠시 편히 쉴 수 있는 내 주변의 사람들을 생각하게 된다.

색 바랜 잎 하나라도 낙엽이 되어 가을바람에 떨어져 쌓이면 영하의 겨울에도 어린 들풀들의 따뜻한 이불이 될 것이다. 눈이 오고 비가 내려서 잘 썩는 거름이 되어 다시 그 나무에 자양분이 되어 이듬해 나무에 싱싱한 잎으로 돋아나 지나가는 사람들의 시원한 그늘이 될 것이다.

내 나무는 가지치기를 제 시기에 하지 못해 아름답지 못하다.
나무에 잔가지는 해님을 향해 멋없이 자라났다.
나뭇잎엔 먼지가 끼고 벌레 먹은 구멍이 나서 예쁘지 못하다.
들판에 홀로 서 있어 바람으로 흔들리지만 시원한 그늘
넉넉하고 싶은 내가 심은 나무 내 안에 서 있다.

고즈넉한 풍경

  춘분을 10여 일 앞두고 군자란이 주홍빛 꽃봉오리를 살며시
터트렸다.

  군자란의 꽃은 화려하기보다 점잖고 고상하다.

  꽃이 피었다고 탄성을 지르기보다는 대견하고 듬직해서 눈
길을 자주 보낸다. 눈웃음으로 들여다보며 흐뭇해하다 꽃의 향
기를 맡아보려고 코를 대고 들여다보면 은은하고 우아한 모습
이 마음을 경건하게 한다.

  3mm 두께의 유리 한 장으로 겨울밤의 냉기를 어떻게 이겨냈
는지, 내 작은 화단의 푸름은 싱싱하게 겨울을 이겨냈다.

  지난겨울, 낮 시간엔 어깨가 움츠려 들도록 낮은 온도를 유지
하다 저녁이면 온기 하나 남겨두지 않고 가게를 비워두었었다.
폭설이 내리고 길이 얼어붙어 자동차나 사람이 모두 아슬아슬
한 발걸음을 움직일 때마다 불안하던 매서운 추위에도 우리 집
미니정원의 싱그러움은 고객들에게 찬사를 받았다.

나도 덩달아 신이 나서 가게 문을 닫고 들어가기 전에 식물의 이름을 하나하나 불러주며 내 멋대로 노래도 불러주고 예쁘다는, 싱싱하다는, 잘 자라라는 인사와 당부를 잊지 않았다. 밤사이 수분이 부족하지 않을까, 조금씩 물을 주면서 수다를 떨었다. 어린 줄기가 하루에 1센티미터 가량 크면서 햇살이 밝은 날은 유리 창 쪽으로 밤에는 형광등 쪽으로 고개를 내미는 경이로운 장면은 간지럽도록 사랑스럽다.

영양이 부족한지 길게만 자라는 녀석을 받침대를 세워 고개를 숙여주면 답답하다는 듯이 다시 몸을 빼내서 제멋대로 움직인다. 가느다란 줄기를 의지하며 하루가 다르게 자라는 잎들이 무거울까 받침목을 세워 실로 묶어두면, 또다시 쌀눈처럼 조그마한 새잎을 앙증맞게 내밀며 고개를 위로 쳐들었다. 미니정원에서 가장 인기를 끄는 스타는 옹기 자박이 속 금붕어 '신통이와 금홍'이다. 공기 정화기가 없어도 3년이나 잘 자라더니 꼬리가 멋지게 자라고 몸집이 비대해졌다. 신통이와 금홍이는 사이가 좋다. 작은놈 금홍이는 돌로 지붕과 벽을 만들어준 집 속에 들어가서 잠을 자고, 큰놈 신통이는 밖에서 잠을 잔다. 내가 밤늦게 일을 하면 늦도록 돌아다니고 오전까지 문을 열지 않으면 금붕어들도 늦잠을 잔다. 문밖에 주차했던 자동차가 움직이려는 엔진 소음엔 진저리를 치며 몸을 털고 잠에서 깬다.

이런 일상의 작은 움직임들은 누가 내 몸을 부드럽게 만지는 것처럼 실실 웃음이 흘러나오게 하고 눈이 감겨지도록 감미롭다.

우리 가게에서 마주 보이는 이층 양옥집 사모님께서 화전을 한 접시 예쁘게 담아 가지고 오셨다. 아기 손만 한 동그란 밀전병 위에는 들국화, 채송화, 튤립, 민들레를 아주 예쁘고 정결하게 수놓았다. 이 아름다운 예술품을 한 입에 먹어치운다는 것이 황송하고 허무할 것이다.

"사모님, 행복하게 먹겠습니다."

내 입에서 얼결에 감사의 인사가 튀어나왔다.

"네, 행복하게 드세요."

사모님의 해맑은 미소와 상큼한 목소리에 나 또한 행복해졌다. 눈가에 잔주름이 예쁜 사모님은 솜씨도 좋으시다. 교회 목사님 강대상에 꽃꽂이를 하는 날인 생화로 꽃꽂이를 멋지게 만들어다 주신다. 덕분에 가게 안이 더욱 향기롭다. 드나드는 고개들은 꽃을 보고 무심하게 지나치지 않는다. 모두가 감탄사를 연발하며 눈웃음을 친다. 나는 그 틈을 타서 우리 집 화초 자랑으로 수다를 떤다.

겨울엔 까치밥으로 남겨 둔 감나무 가지에 매달린 감들이 꽃처럼 예쁘다. 여름이 깊어지면 능소화가 피고 지기를 반복하며 화려하다. 이런 아름다운 일상들은 내가 이곳으로 이사를 오면서 느끼는 행복이다.

젊음을 일속에 묻혀 시간이 가는 것도 몰랐었다. 옆집 가게에 손님이 많으면 불안해지고 우리 가게로 손님이 몰리면 건강에 적신호가 오는 것도 모르고 열심히 일만 했다. 이웃은 늘 경쟁의 대상이었다. 정상에 서있다고 자부심을 느끼며 수십 년 운영하던 몫 좋은 곳의 상가를 정리하고 한적한 주택가로 이사를 하고 나서 세 번째의 봄이다. 겨울처럼 싸늘하던 기온이 갑자기 온화해졌다.

햇살이 유난한 오늘, 꽃집이라고 소문난 이층집 마당에서는 흙 고르기를 하느라고 분주하다. 이른 봄부터 늦여름까지 여러 종류의 꽃들도 화려해질 대문 안뜰에선 새싹들의 이야기 소리가 사분사분 들려온다.

정월 대보름달

정월 대보름 행사가 공지천에서 오후 2시경부터 시작된다고
했다.

문화예술단체에서 주최하는 대보름 행사는 어떻게 진행될까
하는 호기심과 올해는 꼭 보름달을 보며 공지천 공원을 걸어야
겠다는 생각에 낮부터 마음이 들떠 있었다. 평소 친분이 돈독
한 문우와 달 구경을 하면서 쥐불놀이, 달집태우기 등 다채로
운 행사에 참여하고 싶은 마음은 보름달만큼이나 부풀어 있었
다. 낮부터 시작된 행사는 너무 추운 날씨 때문인지 사람들은
달에는 아예 관심이 없는 듯 모닥불 주변에만 서성거렸다.

내 상상과는 다르게 달을 쳐다보는 사람이 없었다. 어제오늘
사이 갑자기 더 추워진 기온은 살을 에는 듯하다. 얼굴이 얼어
붙는 듯한 한기를 참으며 달을 쳐다보며 추억에 젖어보려고 문
우와 나는 강물에 임시로 재현해 놓아둔 나룻배 다리 위에서
달구경을 하기로 했다. 한겨울 강바람이 어찌나 매서운지, 달

을 쳐다보려는 마음의 여유조차 얼어붙게 했다. 추위를 견디지 못해 얼얼하도록 시린 얼굴을 손으로 감싸고 강둑을 걸어서 불빛이 따뜻한 찻집으로 들어갔다.

제법 독한 칵테일을 마셔 보자고 쓴웃음으로 서로의 허전한 마음을 다독였다. 문우와 나는 지난해 같은 날 밤에도 달구경을 하자고 구봉산 카페 창가에 앉아 차를 마시며 하늘을 보았었다. 얼은 볼이 녹아 벌겋게 상기된 얼굴을 서로 쳐다보며 아마 달을 보며 우리의 오랜 관습을 그리워하는 마지막 세대일 것이라며 쓸쓸해했다.

1969년 7월 26일 오후 1시 닐 암스트롱이 아폴로 11호를 타고 달 표면에 처음 발을 내디뎠을 때, 달은 울퉁불퉁한 바위와 먼지였다고 한다. 달은 수 세기 동안 사람들에게 아름다운 상상과 기원의 대상이었다. 사실 이때부터 달의 신비는 인간의 마음에서 사라졌다.

어느새 기울어져서 빛이 흐려진 보름달을 바라보며 나는 이내 유년의 추억 속에 떠오르는 또 하나의 달을 본다.

내 유년의 추억 속에 떠오르던 정월 대보름달은 고향처럼 넉넉한 포근함이 느껴진다. 그때 사람들은 달이 영묘하다고 믿기도 했다.

정월 대보름을 며칠 앞둔 시골마을은 들뜬 분위기로 온 동네에 정이 넘치고 있었다.

정월 보름 명절을 앞두고 외할아버지 지게에는 깊은 산에서 자란 쭉쭉 곧은 싸리나무가 실려 왔다. 발목까지 올라오는 할아버지 신발에는 눈 뭉치가 허옇게 붙어 있었다. 나뭇가지에도 아직 녹지 않은 눈이 희끗희끗 묻어왔다. 할아버지는 나무를 하러 가실 때마다 소나무 옹이를 따로 모아두었다가 짤막하고 가늘게 쪼개 놓았다. 왕고모 할머니 댁 병수 아재는 굵고, 매끈한 싸리나무 가지를 골라서 예리한 칼로 나무 끝머리를 열십자로 갈라놓는다. 갈라진 틈에 송진이 흘러나와 찐득거리는 관솔 가지를 꼭꼭 박아서 칡덩굴로 챙챙 감아 묶는다. 나무 대궁은 껍질을 얇게 오려 꽃 모양을 만들었다. 꽃은 나이 숫자대로 만든다. 내 꽃은 아홉 송이가 활짝 피었다. 이웃집 순자 언니는 열 송이, 호숙 언니 꽃은 열세 개를 만들었다.

할머니가 조석으로 정성 들여 행주로 닦아서 반들반들해진 무쇠 솥엔 보름 명절에 쓰일 엿을 달였다. 아궁이 장작불은 잠시라고 한눈을 팔면 솥 밑바닥에 누룽지가 생긴다.

하루 낮밤 뒤적거리며 불을 때고 나면 쌀풀을 먹여 숯다리미로 다려서 정갈하게 손질해 입으신 할머니의 옥양목 행주치마는 후줄근 해진다. 벌겋게 타는 아궁이 불빛을 받아 땀과 연기로 얼룩진 얼굴을 닦고 행주치마를 뒤집어서 횡 하고 설움을 풀어내듯 콧물을 닦아낸다. 명절을 치러내기 위한 고단함이 할머니의 온몸을 엄습해 올 때쯤 졸아들던 액체는 엷은 밤색으로 변해 윤기가 흐르는 조청이 되었다.

뻥튀기 아저씨는 사나흘 전부터 밤늦도록 콧속이 새까맣게 그을리면서도 닦을 생각도 잊은 채 깡통에 잘게 잘라놓은 장작을 올려놓고 풍구를 돌려 불을 때면서, 옥수수와 쌀을 허옇게 튀겨냈다. '치~이익~ 칙~칙' 김이 빠지는 소리가 조금씩 나기 시작하면 아이들은 까르르 웃으며 귀를 막고 저만치 도망친다. 뻥튀기 기계에 망을 덮고 뚜껑을 열면 옥수수는 뜨거운 열 속에서 갑자기 찬 공기와 부딪치며 커다란 폭발음을 낸다. 몇 배로 부풀어 튀겨져 나온 옥수수와 백미, 곡식을 가지고 온 주인은 한 알이라도 땅에 떨어질세라 자루를 바짝 들이댄다. 동네 아이들은 서운한 눈빛으로 강냉이 자루 속을 보며 입맛을 다신다. 인심 좋은 아주머니는 아이들 옷섶마다 방금 튀겨낸 따끈하고 고소한 튀밥을 한 양재기씩 안겨주고 간다. 어떤 아이는 콧물이 입술까지 흘러도 닦을 생각도 하지 않고 입안으로 한 움큼씩 강냉이를 집어넣고 우물거리면, 어느새 콧물이 흘러 입으로 들어가도 아랑곳하지 않고 입맛을 다시며 먹는다. 또 다른 사내아이들은 불룩한 배 아래로 바지가 흘러내려 배꼽이 얼어서 살빛이 벌게져도 배꼽 위로 바지를 추켜올릴 만한 여유가 없을 정도로 옷과 사람과 길이가 서로 어울리지 않았다. 아이들은 사계절을 신 하나로 버텨냈다. 얇게 닳은 검정 고무신이 냉기를 견디지 못해 발가락이 동상으로 벌겋게 부어올라도 아픈 줄 모르고 진종일 뻥튀기 아저씨 곁을 떠나지 않고 서성거린다.

마을 사람들은 집집마다 일찍 저녁을 먹고 마을 맨 앞쪽에 있는 배추밭으로 하나둘 모여든다. 배추밭은 겨울 동안은 웬만한 학교 운동장처럼 넓은 공터로 비어 있었다. 달은 앞산 봉우리 사이로 서서히 떠오르기 시작한다. 넓은 들판을 지나 내천을 건너서 논밭을 지나 쟁반처럼 동그란 보름달은 어느새 동네 한복판을 대낮처럼 훤히 비춘다.

동네 사람들은 단단하게 만들어 놓은 관솔에 불을 붙여서 빙빙 돌린다. 횃불은 시커먼 연기를 내면서 활활 타오른다. 어른, 아이 모두 나와 달을 향해 절을 한다.

외할머니는 평소에 좀처럼 웃는 모습을 보이지 않으셨지만 이 날만큼은 입가에 엷은 미소가 흐르셨다. 어서 달님에게 절을 하라고 내 이름을 부르신다. 달에게 큰절을 하는 내 머리 위로 횃불을 휘휘 돌리시며 간절한 기도를 하셨다.

'달님, 달님! 생일은 음력 9월 초열흘날, 그저 건강하게 해주고, 아무쪼록 공부 잘하게 해주셔서 훌륭한 사람이 되게 해주십시오.'

외할머니의 기원은 애절하고 간절했다. 할머니는 두 손으로 횃불을 힘차게 내 머리 위로 돌리시며 달님에게 절을 많이 하라고 준엄한 표정을 지으셨다. 마을 사람들도 달을 향해 넙죽넙죽 절을 하며 양손을 모아 저마다 소원을 빌고 건강을 빌었다.

달을 향해 절을 하고 머리를 들어 달을 쳐다보면 달빛은 더욱 환해진 듯했다.

이제 정월 대보름날 밤 달을 쳐다보며 저마다의 소원을 간절하게 빌던 순박한 사람들의 모습은 볼 수 없다. 문명의 빠른 흐름 속에서도 소수의 사람들 노력으로 우리의 전통은 끈끈하게 이어진다. 더 많은 사람들의 관심과 참여로 우리의 전통이 오래도록 지속되길 바라는 마음이 간절하다.

나를 위해 그처럼 축복의 기도를 간절히 빌어주시던 외할머니도, 영묘한 힘이 있어 소원을 들어줄 것 같았던 정월 대보름달도 퇴색된 필름 속에, 담긴 한 토막의 영화처럼 눈시울을 적신다.

나는 만월이 유난히 밝은 밤이면 밤새 잠을 이루지 못하고 창문 가까이에 자리를 깔고 누워 달 속으로 빠져든다.

그 속엔 그리운 사람들이 하나 둘씩 기억의 동산으로 보름달처럼 떠오른다.

웃픈, 꽃구경

"우리 집에 꽃 보러 오세요……."

그녀가 상기된 목소리로 나를 불렀다. 요 며칠 황사가 시야를 가리더니 어제오늘 유난하게 햇살이 반짝이며 하늘이 맑고 기온이 상승했다.

내가 일하는 공간에서 마주 보이는 시선으로 예쁜 주택 두 채가 있다. 소방도로를 중심으로 건축된 집들은 일 층은 상가로 구성되어 있지만, 유독 눈에 들어오는 아담한 두 집은 봄, 여름 오밀조밀 꽃이 화려하다. 집은 햇볕을 만끽하며 식물의 잎들이 유독 풍성하고 푸르다.

우리 가게를 이용하는 고객들은

"어머 저 집 참 예쁘다."

라는 말을 한다.

두 건물은 담장 안으로 소박한 마당이 생기면서 꽃과 과일나무가 조화를 이루어 지나가는 사람의 마음을 싱그럽게 한다. 그 집에 사는 가족의 모습과 마음도 따뜻하다. 양쪽 집 마당을 오가며, 따끈한 봄 햇살에 발그레 상기된 얼굴로 꼬마 화분에 다양한 식물과 다육을 들여다보며 꽃을 배경으로 예쁜 포즈를 취한다. 사람들의 발길이 뜸해진 한낮 그녀와 나의 웃음소리만 소란스럽다. 봄, 여름, 푸른 잎들 사이로 탱글탱글 열매가 달려 있고 마당 보도블록 틈새로 떨어진 꽃씨들이 또 꽃을 피워 마당 틈새마다 작은 꽃들이 입을 벌려 앙증맞게 눈웃음을 준다. 그녀의 집 대운 안쪽으로 장독만 한 플라스틱 화분에 키 작은 살구나무는 꽃송이가 솜사탕처럼 탐스럽다. 벚나무는 금방이라도 꽃물을 뿌릴 듯 부풀어 올랐다. 매화나무도 이삼일 전에 폭죽을 터트릴 것이다. 담장 안은 수런수런 봄볕에 몸이 달아 안달이 났다.

정갈하거나 비싼 화분이 아니어도 꽃은 화려하다. 어머나, 요것 좀 봐요! 아 너무 예쁘다, 눈 호강에 감탄사가 나온다. 꽃 자랑을 하고 싶은 그녀는 가끔씩 나를 큰 소리로 불러 마당에 핀 꽃의 이름과 꽃을 심게 된 이야기를 하며 익은 열매를 따주며 완전한 무공해니 먹어 보라고 한다. 낮은 담장 안으로 라일락 꽃도 그 향기가 은은하게 퍼진다. 가을꽃인 감나무는 가지가 휘어지도록 열매가 주렁주렁하다. 화분 속에서 핀 수국도 너무 탐스럽다. 어쩌면 이렇게 아름다울까? 담장을 둘러싼 좁은 화단으로 부추, 파, 방울토마토, 고추, 상추, 초롱꽃, 더덕 꽃, 내가 알지 못하는 작은 들꽃과 나무마다 꽃망울이 터질 듯 발그레하다. 올망졸망 화분마다 꽃 자랑이다.

나는 이렇게라도 꽃구경을 못 하면 이 봄은 그냥 쓸쓸하게 지나갈 것이 분명하다. 어느새 내 눈에서 콩알만 한 눈물이 볼을 타고 흘러내린다. 상가 경기가 되살아날 희망이 보이지 않는다고 사람들은 말한다. 그렇게 한적한 골목 안에 활발하고 건강미가 넘치는 그녀가 이사를 왔다.

나보다는 십 년이나 젊은 그녀는

"오늘 시간 되시면 나하고 맛있는 것 먹으러 외출하세요. 장보실 것 있으시면 오늘 내가 별일 없으니 차 태워드릴게요! 밖에 벚꽃이 만발했어요! 사람들이 꽃구경 가느라고 야단들이에요! 어서 나오셔요! 저 오늘 밖엔 놀아드릴 시간 없어요."

참 눈물 나게 고운 마음씨다.

자영업 불황은 그 어떤 정부도 해결할 수 없다. 거리 제한 없이 마구잡이로 같은 업종이 앞 다투어 생기기는 어느 도시나 마찬가지다. 목이 좋은 곳은 비싼 임대료가 무서워 주택가의 상가를 선택한다. 소자본으로 야심차게 신장개업을 하지만 일, 이 년을 버티지 못하고 투자한 돈조차 건지지 못하고 몽땅 털어먹었다는 소문만 남기고 떠난다. 자영업으로 현재까지의 삶을 유지해온 나도 기약 없이 고객을 기다려야 하는 지루한 날도 있다. 이 한적한 주택 상가에서 십이 년을 버티며 끈질기게 문을 열고 있다. 오늘은 어떤 고객이 나를 찾아올까? 아무도 오지 않으면 무엇으로 삶을 유지하나? 하는 불안감에 잠들기 전

오늘의 무사함에 감사하며, 내일도 오늘처럼 만을 기도하며 불안한 잠을 청한다. 봄날에 꽃이 아무리 아름답게 피어도 햇살이 눈부시게 맑아도 나에게 한가한 외출이란 없다. 일정 수입을 보장할 수 없는 자영업은 언제나 현상 유지하기에 전전긍긍하며 단 하루도 마음 편히 쉴 수가 없기 때문이다.

봄이란 계절엔 모든 생명이 화려하게 되살아난다. 인생의 사계절도 그랬다. 봄날의 꽃처럼 화려하게 생을 꽃피웠던 적이 나에게도 분명 있었다. 그처럼 열정적으로 삶에 도전했지만, 나는 어느새 일인 가구가 되었다. 처음 담당자가 집을 방문했을 때 보이지 않는 곳에 숨어서 전화를 받았다. 어디 아픈 곳은 없느냐, 집에 곰팡이는 나지 않았느냐, 종교는 있느냐, 그런 질문을 했다. 내가 외출을 멀리했다고 하니 담당자는 무엇인가 메모를 하고 돌아갔다.

오늘도 그녀는 여전히 활기차다.

"가게에 손님이 많아야 될 텐데……, 언니 마음도 울적하실 텐데 새로 생긴 확 트인 전망 좋은 찻집에 가서 차 한 잔하고 옵시다. 함께 가요!"

정겨운 배려는 막연하고 불안정한 내 일상에 활력을 준다. 그녀의 정원으로 어느새 가을 국화잎이 짙어졌다. 이제 한차례 비가 지나가고 나면 국화는 수수 알만한 꽃봉오리가 봉긋 얼굴을 내밀 것이다.

봄 편지

봄날은, 유난히 반짝이는 햇살의 유혹을 뿌리치기가 힘들다.
어디라도 가야만 할 것처럼 모든 일이 건성건성 들뜬 마음이
된다. 유난히 길었던 지난겨울은 심한 감기로 외출을 못했던
탓인지, 빗방울이 떨어지는 쌀쌀한 날씨에도 봄에 떠나는 문학
기행은 마음이 들뜬다. 일정에 맞추어 짧은 시간 들러본 등잔
박물관엔 고향의 향수가 짙게 배어있다.

박물관 주변은 봄이 수런거리고 있었다. 씨앗을 뿌리려고 반
듯하게 다듬어 놓은 땅, 퇴비를 묻기 위해 파놓은 구덩이, 오물
이 내려가는 웅덩이에도 싱싱하게 자라 여리고 어여쁜 꽃을 피
워낸 잡초들, 신축 건물을 세우려고 뒤집어놓은 땅, 새로운 도
약을 위해 대지는 수선스럽다. 오래 다져진 낮은 논둑길에도,
봄은 물밀듯 밀려왔다. 누가 뿌리치지도 않았건만 끈질긴 번식
력으로 들꽃들은 화사하게 봄날을 단장한다. 쇠스랑, 냉이, 쑥,
꽃다지 등 이름조차 알 수 없는 온갖 들풀이 삐죽삐죽 고개를

내밀고 있다.

박물관에 진열된 여러 종류의 등잔 모습을 보며, 오랫동안 잊고 있었던 사춘기의 봄이 아련하게 그립다. 문명의 혜택을 누리지 못했던 어린 시절로 돌아가고 싶다. 그때의 사람들이 그립기만 하다. 사기 등잔에 불을 밝히고, 그리운 사람들에게 편지를 쓰고 싶다. 지금의 환경에서 석유 등잔을 써본다는 것이 심지에서 나는 연기는 어떻게 해야 하나 하는 걱정을 했다. 등잔을 보며 막연한 생각에 잠긴 나를 보며 판매원은

"파라핀 오일을 사용하시면 분위기를 연출할 수 있어요."

파라핀 오일은 단단한 양초가 되기 전 액체로 된 양초라는 친절한 설명을 덧붙인다.

제법 우아한 디자인으로 궁궐에서 여러 가지 용도로 쓰이던 등이며, 사대부 집안에서만 사용했다는 쌍심지로 된 투박한 사기 등잔을 보며, 모든 것이 부족해도 그것이 불편하지 않았던 그때가 그립다.

나의 유년 시절, 없어서는 안 될 석유 등잔은 해가 지기 전에 손질해 놓아야 했다. 심지를 잘 조절해야 하고 이물질이 섞이지 않은 백등유를 써야 했다. 등잔에 넣은 석유가 이물질이라도 섞인 날은 시꺼먼 매연이 불꽃 끝으로 길게 꼬리를 달았다. 어떤 날 아제의 코밑으로 석유 그을음이 묻어 검게 보이면 나는 웃음을 참지 못해 킥킥거렸다. 한 번 웃음이 터진 나는 참을 수가 없기도 했다. 화가 난 아제는 마당으로 뛰쳐나가 대야에

물을 떠서 푸우 푸우 소리 내며 얼굴을 심하게 문지르며 씻어 냈다. 무쇠로 된 펌프로 끌어올려 쓰던 지하수 물은 품질 좋은 비누마저 없었던 그때, 꼼꼼하게 닦아 내도 얼굴만 붉어지고 그을음 자국은 남아 있었다.

봄날의 상큼한 바람 같았던 아제의 모습은 사기 등잔의 추억과 함께 기억 저편에서 손을 흔든다.

소녀는 마루 끝에 서서 까치발을 하고 들판을 내다본다.

파란 들판으로 굽이 찬 논둑길 위에 팔을 휘두르며 걸어오던 아제의 모습이 아른거린다.

반듯하게 눌러 쓴 모자에 붙은 금빛 모표, 언제나 새로 산 것처럼 정갈한 책가방, 유난히 줄이 잘 세워진 교복 바지, 석고상처럼 희고 반듯한 얼굴, 학교에서 돌아온 아제에게서는 들풀 냄새가 휘감겨 왔다. 아제가 가방을 책상 위에 던지고 뒷산으로 뛰어가면 소녀는 그 뒤를 따라갔다. 마을 뒷산 산소 주변은 잘 정돈된 잔디밭이었다. 할미꽃, 오랑캐꽃, 패랭이꽃 등 작은 들꽃이 지천으로 피어있는 양지바른 곳이다. 할미꽃의 보드라운 꽃잎을 만지며 정신없는 소녀의 손가락에 오랑캐꽃(제비꽃)으로 만든 꽃반지를 끼워주고, 쪽 고른 하얀 치아를 드러내며 빙긋이 웃던 아제는 진달래꽃이 흐드러지게 핀 산 중턱으로 숨이 차게 달려갔다. 아제가 끼워준 꽃반지는 등잔불 앞에서 숙제를 하는 소녀의 고운 손가락에서 시들었다. 소녀에겐 외갓집이며 아제에겐 외삼촌 집인 그 집은 비교적 학교가 가까운 곳에 있었다. 이모와 삼촌 모두가 학생인 탓으로 할머니는 아침이 되면 일찍 서둘러 여러 개의 도시락을 준비하셨다. 제일 먼저 학교에서 돌아오게 되는 소녀는 등잔 청소 당번을 도맡아 했다. 전기가 들어오지 않았던 그 시절엔 날이 어둡기 전에 사기 등잔과 호야에 석유를 넣고 지난밤 타버린 심지를 가위로 잘 다듬어야 했다. 심지에 불을 밝히면 불빛의 명도는 사기 등잔보다 호야는 훨씬 밝았다. 사기 등잔 불빛 밑에서 숙제를 하다 잠이 들면 심지에서 불꽃과 함께 발산되는 석유 그을음이 코밑으로 거뭇하게 묻어도 아무도 그런 것을 눈여겨보지 않았다. 한 달에 한 번씩 열리는 장날이면 할아버지는 파르스름한 정종 병에 석유를 가득 담아 지게에 매달고 오셨다. 그 시절에도 석유에 이물질을 섞어 파는 얄팍한 상인을 만나면 등잔에서 불꽃과 함께 나오는 매연이 더욱 심했다. 등잔에 석유를 붓는 것은 여간 조심하지 않으면 옆으로 주르르 흘렀다. 호야는 마루에 매달아 놓고 온 집안의 불을 밝혔다. 작은 사기 등잔은 안방을 비롯해 방마다 불을 밝혔다.

파란 싹들이 지천으로 솟아 올라오며 아지랑이 간들간들 흔들리던 어느 해 봄, 소녀는 앞가슴이 부풀어 숨을 쉴 때마다 더 부풀어 오르는 것 같아 얼굴이 붉어지고 있었다.

저 멀리 논둑길엔 어김없이 아제가 걸어오는 시간이었다. 새하얀 교복 깃에 북청색 치맛자락이 봄바람에 날아갈 듯 걸어오는 사람은, 아제와 같은 학교를 다니는 언니였다. 언니는 가방

속에서 꺼내든 하얀 편지봉투를 던지듯 불쑥 내밀고 가버렸다. 깔끔하게 내려쓴 글씨는 아제의 모습처럼 반듯하다. 계절의 봄과 나의 봄을 묘사한, 풀내음이 묻어온 봄 편지였다.

많은 변화의 세월이 이십 년 넘게 흘렀을 즈음, 내가 운영하는 사업장으로 군복과 계급장이 깔끔하게 잘 어울리는 육군 장교가 성큼 들어왔다. 동료 장교와 함께 빙긋이 웃고 있는 아제를 보고 나는 말문이 막혔다. 어떻게 인사를 했는지 지금도 잘 기억이 나지 않는다.

그 후 일 년쯤 지난 봄, 어느 날 한 통의 편지가 날아왔다. 아제의 반듯한 글씨는 변함이 없었다. 군대에서 전역을 하고 고향인 포천군에서 이민을 가기 전 임시로 직장에 근무하고 있다는 것과 안부 편지라도 내가 보낸 편지를 한 번이라도 받아 보고 싶다는 내용이었다.

사춘기 소녀 시절, 조각처럼 잘 다듬어진 아제의 외모와 흐트러짐 없는 반듯한 글씨에 비해 형편없는 내 필체와 외모를 부끄러워하던 나는 한 장의 안부편지도 보내지 못했다. 아제는 이제 아주 다른 나라 사람이 되었다. 미연합 군 장교로 정년을 마치고 사업가로 여유 있는 생활을 한다는 안부를 들을 수가 있었다. 어쩌다 고국을 다녀가는 때도 있다지만 먼 외척인 나와는 영원히 볼 기회가 없을 것이다.

계절의 봄은 어떤 악조건의 기후에도 온 대지를 뒤흔들며 고개를 내민다. 퇴색되지 않는 나의 봄은 기억의 갈피 속에서 화사하게 되살아난다.

어머니
행주치마

나 홀로 행복해지기

오월이다.

실내의 화분에선 저마다 예쁜 꽃들을 피워냈다.

지구의 이곳저곳에서는 자연 재앙으로 수많은 사람들이 사라져가고 있다. 하지만 올해도 오월은 화사하게 시작되더니 어느새 중순으로 넘어가고 있다.

나는 누가 내주지도 않은 숙제 같은 삶의 현안들을 해결하지 못해 아주 미쳐버릴 지경에 이르렀다. 긴 세월 어쩔 수 없이 반복되는 일상 속에서 작은 마음의 여유를 가지려고 화분에 단호박 씨를 심었다. 지난겨울 예쁘고 잘 여물어 보이는 단호박을 사다 먹고 도톰한 씨앗을 말려두었었다. '조그마한 땅이라도 씨앗을 심어 싹이 나오고 열매가 달린다면 얼마나 좋을까?'를 상상하며 한 달여 기다려도 심어둔 화분에서 잡풀만 파랗게 올라왔다. 그 사이 장대비가 몇 며칠 내리고 바람도 거칠게 지나갔다. 나는 더 안달이 났다. 영양분이 들었다고 사온 흙이 빗물에 남김없이 씻겨 나갔을 것 같았기 때문이었다.

오늘 우연히 들여다본 화분에 분명 어제도 없었던 뭉툭 뭉툭한 잎들이 파랗게 솟아나 있었다. 모자처럼 쓰고 나온 씨앗의 겉껍질을 벗겨 주었더니 모양이 예쁘지도 자연스럽지도 않게 되었다. 껍질을 미처 벗지도 못하고 흙 속에서 떠밀려 나온 듯하다. 척박한 땅에서도 줄기가 탐스럽게 자라며 탐스러운 열매가 달리는 호박은 새싹이라도 어리지가 않고 튼실하다.

"어머, 어머, 아하하 하하하……, 내가 심은 호박씨가 이렇게 예쁘게, 심은 숫자대로 고스란히 나왔어요! 여기 좀 와보세요!"

아무도 없는 뒤뜰에서 감격에 겨워 웃음이 터졌다.

한 달 전쯤 집 앞으로 지나가는 꽃을 파는 트럭에서 4천 원을 주고 치자나무를 샀다. 오천 원은 꼭 받아야 된다는 꽃 주인에게 천 원의 깎은 것도 기분이 좋았지만, 반들반들 윤이 흐르는 옹기 화분을 오천 원에 사서 분갈이를 하고 보니, 기름을 칠해 놓은 듯이 잎들이 더 윤이 난다. 옹기 화분과 치자 꽃나무는 너무나 잘 어울리는 작품이 되었다. 십 여일 지나더니 오동통하게 봉오리가 파란 잎 사이에서 터질 듯 부풀기 시작했다. 통통한 꽃봉오리가 한 주일쯤 지나더니 새하얀 꽃이 조금씩 자태를 드러냈다. 드디어 활짝 핀 꽃! 소박하고 고요한 꽃의 자태, 향기는 어떨까? 나는 이틀 밤이나 어둠 속에서 꽃을 들여다보며 코를 들여대고 향기를 맡고 있다.

치자 꽃향기는 아련하고 정겨운 냄새다. 무슨 냄새일까? 생각 날 듯 하면서도 얼른 떠오르지 않는다.

아~ 옥양목 이불 홑청의 냄새, 4, 5월 햇살 좋은 날이면 봄바람과 봄볕에 기분이 좋아지신 어머니는 벌겋게 상기된 표정으로 몇 날이고 가족들의 이불을 손질하셨다.

쌀로 죽을 쑤어서 광목 자루에 걸러낸 물에다 새하얀 이불 홑청에 풀물이 골고루 스며들도록 손으로 주물러서 햇볕 아래 널어놓았다. 뻣뻣하게 말라버린 이불로 청에 다시 물을 뿌려서 반듯하게 당긴 다음 여러 겹 접어서 보자기를 덮어서 발로 자근자근 밟은 다음 다듬잇돌 위에 올려놓고 북을 치듯 방망이로 장단에 맞추어 두드리다 보면 다리미로 다린 듯이 반들반들 윤이 났다.

이불 홑청을 새로 갈고 나면 이불 속에서 움직일 때마다 서걱서걱 소리가 나면서도 적당한 공간 속에서 이불 속 온도는 쾌적했었다. 아! 바로 그 냄새! 풋풋한 그리움의 냄새……

어머니의 젊은 모습과 내 유년의 모습들을 기억하면 마음이 아이처럼 싱그럽고 가벼워진다.

"아하하하! 치자 꽃이 피었어요. 단호박 싹이 손톱만 하게 여러 개 올라왔어요, 아하하하! 꽃향기가, 봄바람이 내 몸으로 들어왔나 봐요! 난 몰라요, 자꾸 웃음이 나와요. 햇살은 안고 들판 위에서 춤추고 싶어져요."

젊은 날의 삶은 내 주변의 많은 사람들과 소통하며 행복했다면, 경제적 능력이 저하되는 인생 후반의 삶은 혼자 있어도 행복을 느끼며 살아야 한다. 작은 일상이라도 생각하기 나름대로 어린아이처럼 웃어야 한다.

춘천의 향기

단 하루라도 시간이 나면 바다가 보이는 곳으로 여행을 하려는 사람들이 대부분이다. 여행의 일정을 결정하면서도 싱싱한 회를 먹는다는 기쁨을 감추지 못한다. 회를 먹어야 피부가 고와진다. 다이어트 등 좋은 이유를 나열한다. 영동으로 떠나는 여행은 항상 갈까 말까하는 망설임 속에 결정을 내린다. 짧은 기간이지만 제대로 먹지도 못하고 일행과 함께 행동해야 하는 것은 늘 속 쓰림과 울렁거림 때문에 유쾌한 여행이 못 된다.

싱싱한 회를 담은 접시가 나오기 전 생선 구이가 나온다. 회를 좋아하는 사람들도 회를 먹지 못하는 사람을 배려하지 않는다. 구이로 나온 생선은 순식간에 없어진다. 횟집에서도 회를 먹지 않는 사람을 위한 음식은 따로 없다. 모두가 회를 먹는 시간은 지루하다. 이튿째 비가 내린 탓도 있겠지만 항구 특유의 비린내를 맡으며 나는 마치 임신한 여자처럼 메스꺼움을 느껴야 했다. 돌아오는 길에 점심 식사로 예약된 물회가 일품이라는 횟집은 손을 내밀면 바닷물이 만져질 것처럼 바다와 가까운 거리다. 집채만한 어선은 바닷가 사람들의 애환이 얼룩져 작은 항구의 초라함을 더 남루하게 만들었다. 횟집 안 밖으로 진동하는 비린내는 어제부터 먹지 못한 빈속을 더욱 울렁거리게 한다. 회를 좋아하는 사람들은 곧 만들어지는 야채와 함께 버무린 물회의 맛을 상상하며 입맛을 다시는 모습이다. 나도 눈 딱감고 한번 먹어볼까, 하는 생각을 해보지만 도저히 못 먹을 것같다. 주문한 물회가 나오기 전 서비스로 나온 재첩 미역국에 눈이 번쩍 떠진다. 다행이라는 생각을 하며 뜨거운 미역국 두그릇을 다 먹고 난 후에야 속쓰림은 멈추었다. 일정을 마무리하고 거진을 떠나 인제로 들어설 때 쯤 순두부, 청국장, 산채 비빔밥 등 내륙 지방의 대표적 식단의 대형 간판들이 눈에 들어온다.

"아! 드디어 바다를 벗어났구나."

하는 반가운 생각이 든다. 속이 아팠던 생각도 벌써 잊어버렸다. 내 고장의 토속적인 냄새에 군침이 돌며 갑자기 허기가 진다. 멀리 안개 속으로 별빛처럼 춘천 시가지의 불빛이 반짝인다. 무엇이라 표현 할 수 없는 아늑함이 흘러온다. 들판에 무성히 자란 쑥 내음이 은은하게 내 몸을 감싸 안는다. 춘천은 나와 많은 인연이 얽힌 마음의 고향이다. 1970년대 춘천은 아늑하다 못해 잠자는 도시 같았다. 그러면서도 나름대로 모든 일이 이루어졌다. 한여름의 중앙로 로터리는 플라타너스 나뭇잎이 선들거리며 그늘을 만들었고 한없이 거닐고 싶은 거리였다.

그 때 공지천의 들꽃과 풀 냄새, 호수의 냄새는 아직도 기억의 후각 속에서 생생하게 떠돈다. 친구와 함께 새벽별이 하나 둘 사라질 때 까지 밤을 지새우던 철길 너머 강둑의 정경은 첫사랑의 기억처럼 콧등이 시큰해지는 그리움으로 남아있다. 봉의산 정상에 올라 바위에 누어 하늘을 본다. 춘천의 맥을 지켜온 늙은 소나무들은 와스스 와스스 바람이 전해주는 세상 이야기를 듣는다. 춘천의 명동은 아직도 어느 도시에서도 느낄 수 없는 순박함이 있다. 내 가난을 사랑하고 다정했던 친구는 춘천을 떠나 객지인 서울에서 춘천의 아늑함을 그리워한다. 도청으로 향하는 길을 걸으며 가로수 나무를 바라본다. 무성하게 자란 가지를 무자비하게 쳐 주는 것을 보면 옛 길들이 아련해지며 울컥 그리움에 몰려와 쓸쓸해진다. 가로수 나뭇잎들이 도로를 뒤덮어도 아무도 건드리지 말고 옛 모습을 간직했으면 좋겠다.

내 모습이 변한 것처럼 춘천의 모습도 변해서 낯선 나라에 온 것처럼 공허한 마음이 들기도 한다. 지금은 상상을 초월하며 고층아파트가 생겨났다. 이제 춘천은 소박한 이미지를 벗어나 대도시의 모습으로 변했다. 공지천의 모습도 많이 변했다. 호수엔 언제부터인가 사람이 만든 섬이 생겼다. 한적한 아침나절, 물결이 찰랑거리는 돌무더기 위에 서서 인공 섬을 바라본다. 애기똥풀은 온통 인공 섬으로 날아가 노란색 물감을 뿌렸다. 섬에 뿌리를 내린 풀들은 강바람에 어깨춤을 춘다. 공원에 살던 벌레들도 모두가 인공 섬으로 이사를 떠났는지 공원은 기척이 없다. 강물에 발이 젖어들도록 인공 섬 주변을 서성여본다.

"꾹꾹 꾸~우루룩 꾸국국 찍찍 쨋쨋 꼬올~꼴 뻐꾹 뻐꾹 찌~이익 휘획"

그들만의 화음으로 합창대회가 열린다. 산책로 나무들도 인공수정으로 나뭇잎 닮은 꽃을 피웠다. 저녁나절 공지천 강둑길은 아직도 소리치고 싶도록 아름답다. 석양이 장열하게 기우는 노을 빛 물든 강물은 한 무더기 금빛가루를 안고 행복에 겨운 몸짓으로 출렁거린다. 강가 돌무더기에 부딪히며 시퍼런 이끼로 미련을 남기는 공지천 강물처럼 춘천에서 만난 나의 인연들은 잔물결이 되어 찰랑거리며 가슴을 적신다.

우리 동네 목욕탕

우리 동네에 그 목욕탕이 처음 지어진 것은 이십오 년 전이
다. 그때만 해도 이 동네는 신개발 지역이었다. 대중목욕탕을
가려면 큰 대로변으로 20분은 걸어서 가야만 했다.

일요일 오후는 으레껏 아이들을 데리고 목욕탕을 들러서 외
식을 했다. 혼자 아이들을 데리고 갈 수가 없었기 때문이기도
했다. 그러던 중에 집에서 오십 미터쯤 되는 곳에 목욕탕 건물
이 신축을 해서 문을 열었다.

우리 동네 사람들의 기쁨은 누구나 다 한 마음이었다. 목욕탕
앞에는 차 몇 대를 세울 만한 주차 공간이 마련되어 있었다. 목
욕탕 주인인 할아버지와 할머니는 그 당시 육십 세가 넘으신
분들이었다. 서울 생활이 몸에 배어 있는 두 분은 노인 특유의
너그러움은 느껴지기가 않았다.

그때부터 목욕탕 주변 사람들을 심심치 않게 하는 일이 가끔
벌어졌다. 주차장 입구 소방도로에 목욕탕을 이용하지 않는 사

람이 잠시라도 차를 세워두면 할아버지와 할머니는 어찌나 심한 욕을 하는지 민망해서 눈물이 날 지경이었다. 우리 집을 방문하는 고객들도 근처에 차를 세웠다가 심한 욕을 먹고는 다시는 이 동네에 오기 싫다고 하는 말을 하는 사람들도 있었다.

목욕탕 안에서도 웃지 못 할 해프닝이 가끔 벌어졌다. 물을 많이 쓸까 봐 샤워기를 몇 개 설치하지 않고도 수시로 들락거리며 물을 많이 틀어대는 사람을 눈치를 주며 야단을 쳤다. 간혹 어떤 사람은 언성을 높여 마주 대드는 사람도 있지만 대부분은 못 들은 척했다.

남탕은 할아버지 몫이었다. 할아버지 잔소리는 할머니보다 더 심했다. 가까운 이웃 아저씨들은 할아버지의 잔소리가 너무 심해서 멀어도 다른 곳으로 목욕을 가기도 한다는 말도 나돌았다. 두 노인의 잔소리는 날이 갈수록 더 심해지는 듯했다. 그래도 나이가 지긋한 아줌마들은 그런 동네 어른의 잔소리에 익숙해진 세대다. 노인들이니 그렇다고 이해를 했다. 동네에서 일어나는 잔잔한 소식을 전하며, 또 못마땅한 일에 잔소리를 하면서 시설이 부족한 목욕탕이라도 큰소리치며 운영을 하는 것을 보면서 이 시대에 마지막 남은 정겨운 모습이라고 생각했다. 노인들이 떠나면 이 동네는 더욱 삭막해질 것이다. 이웃집에서 무슨 일이 일어났는지 아무도 모를 것이다. 어쩌다 내가 목욕을 하러 가면 할머니는 십분은 붙들고 이야기를 한다. 누구네 집은 어떻고, 어느 집 여자는 어떻고, 한참을 들어주고 나면 할머니의 표정은 한결 부드러워지셨다. 나는 되도록 할머니의 기분을 맞추어 드리려고 고개를 연신 끄덕이며 진지하게 들었다. 팔십 중반을 훨씬 넘기신 할아버지는 당뇨가 심했다. 할머니의 정성으로 원기가 왕성해지셔서 가까운 이웃 상점마다 들려 참견을 했다. 정치 이야기나 저 집 주인이 거만해서 손님이 없다는 둥, 저 집은 밀고 터지도록 손님이 많은데 이 집은 왜 한가하느냐는 둥, 이런저런 참견을 다하고 다녔다.

노인 부부가 이십 년 가까이 목욕탕을 경영하는 동안 주변에 찜질방을 함께 갖춘 시설이 잘 된 목욕탕이 하나 둘 생겨나기 시작했다.

목욕탕 손님은 눈에 띄게 줄어들었는데도 두 분의 잔소리는 여전했다. 급기야는 목욕탕 수입이 적자가 날 형편이라 폐업을 하기에 이르렀다. 노인들에게는 충격이 컸다. 할아버지는 곧 쓰러질 것 같은 모습이 되었다. 시설이 형편없어 불만을 하면서도 가까운 맛에 최근까지도 가끔씩 이용하던 정든 목욕탕이었다. 갑자기 하던 일을 멈추고 정든 곳을 떠나야 한다는 절박한 현실에 할머니의 모습은 중병을 앓고 난 사람처럼 얼굴 표정이 어두웠다.

"내가 이 동네를 떠나도 쌀이나 반찬거리는 이곳으로 꼭 사러 올 거야, 낯선 동네에 가서 어찌 살까 몰라."

망연자실하던 할머니 모습을 보며, 나도 언젠가는 젊음이 넘치는 대학가 주변에서 인생의 덧없음을 통감하며 생업을 포기하고 물러나야 하는 날이 올 것을 생각하면 가을 내음을 마신 것처럼 씁쓸해진다. 요즈음 시설이 잘 된 대형 사우나를 찾아가면 동네 목욕탕 안에서 만났던 사람들처럼 정겨운 표정은 찾아볼 수 없다. 혼자서는 불편한 등에 때를 밀고 싶은 날 동네 목욕탕에서는 서로 품앗이로 밀며 정담을 주고받았다.

동네 목욕탕보다 몇 배나 되는 목욕탕 시설, 사방을 두리번거려 봐도 말을 붙여볼 사람을 찾을 수가 없다. 썰렁한 목욕탕 안을 돌아보며 혼자 수건으로 등을 닦는다. 지난날 우리 동네 목욕탕이 콧등이 시큰해지도록 그리워진다.

대형 목욕탕은 밤이 늦어도 끊임없이 붐빈다. 남녀노소 누구나 일하는 사회가 되면서 밤 시간을 이용해 목욕탕을 겸한 찜질방에서 피로를 푼다. 붐비는 시간은 자리다툼이 있을 때도 있다. 수건으로 자리를 표시해 놓고 찜질방으로 간다. 한두 시간 이상 그 자리를 비워 놓으면서도 누가 그 자리에서 물을 쓰기라도 하면 마치 남의 집을 도둑질이라고 한 것처럼 무안을 준다. 사용하지 않고 비어있는 자리라도 누가 먼저 자리를 잡아 놓지 않았나, 살펴야 망신을 당하지 않는다.

누가 수도꼭지를 틀어놓고 잠그지 않고 계속 물을 흘려보내나, 하고 자주 목욕탕 안을 기웃거리며 감시를 하던 할머니 눈치를 살피며, 물 한 바가지라도 아껴 쓰던 동네 목욕탕의 일등 고객들, 서로 등을 밀어주며 고마워하던 그 시절, 일주일에 한 번씩은 대중목욕탕에 가서 까칠한 이태리타월로 통통 불린 살결을 밀면서, 옆 사람 몸에서 시커먼 때가 밀려나오면 나는 더 힘을 주며 때를 밀었다. 피부에 상처가 나는 것처럼 얼얼해도 몸이 날아갈 듯이 가뿐하던 그때 그 느낌은 지금도 생생하다. 요즈음은 여러 가지 편리한 시설을 고루 갖춘 대형 목욕탕이 여러 곳에 생겼다. 소규모 목욕탕들은 폐업을 하는 형편이다.

할아버지와 할머니의 잔소리가 어느새 그리워진다.

목욕탕이 있던 자리는 술을 파는 주점으로 신장개업을 했다. 할아버지와 할머니가 호통을 치시던 그 몇 평의 주차장은 대형 파라솔을 설치해 놓아 밤이면 술을 마시는 사람들이 붐빈다. 만취한 사람들의 고성방가로, 주변에서 사는 사람들은 불면의 밤이 되고 말았다.

나름대로 에너지를 발산하며 활기차게 움직이던 일터를 잃어버린 노부부의 뒷모습은 우리 모두의 쓸쓸한 미래일 것이다.

가로수

    내가, 가끔 초라한 모습으로 하염없이 택시를 기다리는 한적한 길가엔 수려한 모습의 가로수가 하나 서 있다. 가로수 옆에 서 있으면 마음이 편하다. 가로수에 가까이 가면 나무의 숨결이 느껴진다. 나무가 내뿜는 하늘빛 같은 신선한 내음에 나는 스르르 눈을 감는다. 더운 날, 나무를 껴안으면 시원할 것 같고, 추운 날, 나무에 가까이하면 나무의 따뜻한 속 숨결을 느낄 것 같다.

    나무는 비가 오나 눈이 오나 늠름한 자태로 변함없이 서있다. 누군가에 의해, 처음 이곳으로 옮겨져 올 때는, 연약한 가지하나 보잘것없이 서 있었을 거다. 쓰러지지 않도록 보호대를 설치해 주기도 했을 것이다. 나무는 튼튼한 모습으로 잘 배열된 가지를 치고 있다. 나는 그 가로수 옆에 서 있을 때 살그머니 나무의 표면을 쓰다듬어 보았다. 아주 거칠지도 않고 단단하면서도 부드러운 느낌이다.

내가 한눈에 반해버린 가로수가 서 있는 인도는 사람들이 많이 지나가는 길이 아니었다. 도시가 늘어나고 개발 붐이 일면서 가로수의 위치는 중요해졌다. 먼 여로에서 돌아오는 사람들이 줄을 서서 택시를 기다려야 하는 승차대가 설치된 것이다.

　청년의 모습처럼 잘생긴 가로수는 얼마 가지 않아서, 사람들 손에 의해 거칠고 탄력 있던 나무에 상처가 생기는 것이 안타깝다. 택시를 기다리는 동안 나무를 가볍게 두드리며 초조함과 지루함을 달랜다.

　내가 그 나무를 처음 마주치던 날은 손톱만 한 햇잎이 보일까 말까 하는 2월의 초저녁이었다. 가로등 빛이 반사된 가로수는 은회색 빛이 났다. 매서운 겨울을 이겨낸 풋풋한 나뭇가지는 하늘을 향해 곧게 뻗어 있었다. 그 시절 나는 일주일에 두어 번은 그 가로수 옆에 서서 수많은 자동차들 사이로 어쩌다 지나치는 영업용 자동차를 향해 나를 태워 달라고 손을 흔들었다.

　내 생의 길목에 가로수처럼 그늘 되었던 친구는 가끔 그리움이 되어 아려온다. 가로수 아래 서 있으면 깊게 가라앉아 앙금이 된 친구의 모습이 떠올라 울컥 눈물이 솟는다. 사람의 아픔을 조금씩 가슴에 묻어두던 그 시절처럼, 그리움은 바람이 되어 가로수의 무성한 잎새를 흔들며 내 몸을 휘감고 스쳐간다.

장맛비 소리

워낙 비를 좋아하는 나는 지난주 며칠을 계속 쏟아지는 비를 바라보면서도 마음은 빗속으로 흥건히 젖어들지 못하고 나른한 갈증을 느꼈다. 아침부터 소나기처럼 시작된 비는 조금씩 간격을 두고 더욱 거칠게 떨어져 내린다.

빗소리는 오후부터 더 요란해졌다. 창문 가리개로 쳐놓은 플라스틱 덮개 위로 떨어지는 빗방울 소리는 굵은 자갈이 뿌려지는 것처럼 딱 딱 딱 간격으로 떨어진다. 요란한 빗줄기 사이로 타닥타닥 땅 위로 떨어지는 빗방울 소리는 더욱 빠른 속력을 내며 퍼붓는 듯하다.

세차게 솟아져 내리는 틈 사이로 바람에 흔들리며 내리는 가는 빗소리, 뽀얗게 안개를 만들며 뒤뜰의 나뭇잎 위로 사락사락 뿌려진다. 빗방울 소리는 마치 피아노 건반을 두드리듯 아련하다.

유년시절, 해마다 여름 장마가 시작되는 이맘때쯤이면 어머니는 감자를 숭숭 썰어 넣고 파장국을 맑게 끓여 상에 올리셨다. 어머니가 만들어 주시던 구수하고 담백한 하지 감잣국 맛은 아직도 긴 장맛비와 함께 울컥 그리움이 되어 묻어온다.

며칠째 맑아졌다 흐려졌다 시커먼 비구름이 몰려와 퍼붓듯 쏟아지는 장맛비 소리, 까마득한 기억을 되살려 어머니의 손맛처럼 감자 수제비를 맛있게 만들어 보리라는 생각을 하다, 더욱 요란해진 장맛비 소리가 몸을 가눌 수 없도록 달콤한 쪽잠으로 빠져들게 한다.

달 뜨는 저녁

며칠째 초저녁부터 푹 쉬고 싶은 생각이 간절했다.

집으로 일찍 돌아오는 날은 잠이 오지 않아 뒤척일 때가 대부분이다. 좁은 실내 공간에 남편이 시청하는 TV 소리가 요란하니 짜증스럽기까지 하다. 괜히 이것저것 치우며 몸을 더 지치게 만들어 아무렇게나 푹 쓰러져서라도 잠이 들었으면 하는 마음이 더 잠을 달아나게 하는 것 인지도 모른다. 후덥지근한 실내 공기지만 싸늘한 에어컨은 정말 진절머리가 난다. 하루 종일 에어컨 바람에 시원하기는커녕 잔기침만 콜록거려지는 것이 몸살이 날것처럼 으스스하다. 방문을 닫아도 TV 소리는 집안 전체로 울린다.

날카로워진 심사로 참으로 오랜만에 창문을 열고 밤하늘을 본다. 둥그런 달이 어디 한쪽도 기울어진 곳 없이 환하게 떠 있다.

달을 쳐다보니 가슴이 사뭇 두근거린다. 오래전부터 그리워하고 보고 싶어 했던 사람을 만난 것처럼 마음이 달뜬다.

　달 또한 내가 반가운지 창문으로 들어오기라도 할 듯이 생글거린다. 달은 내가 만지면 터지기라도 할 듯이 몽실 하게 느껴진다. 달은 기어이 내 가슴으로 들어오고 만다. 나는 너무 황홀해 그만 창가에 자리를 깔고 누워 달을 본다. 아예 달 속에 들어가 그리운 얼굴을 찾아보며 다시 만날 수 없는 쓸쓸한 추억에 눈물이 흘러나온다. 밤새 꿈속처럼 내 품에 있던 날은 어느새 내 시야에서 사라지고 말았다. 새벽녘에야 겨우 잠든 나는 그만 늦잠이 들어 아침을 허둥지둥 준비했다.

　낮 시간 동안 일을 하면서도 지난밤 황홀했던 달빛이 자꾸 떠오른다. 오늘은 어제보다 더 일찍 들어가 달을 봐야겠다고 혼자 다짐했다. 그래도 막상 초저녁부터 집에 들어가니 허전한 기분이 든다. 우유 한잔 따뜻이 데워 먹으면 잠이 올 것 같은 생각이 들어 냉장고 문을 열었다. 한 곳에 숨기듯이 넣어둔 술병에 눈이 간다. 차가움이 술맛을 더 달짝지근하고 시원하게 할 것 같다는 생각이 든다.

　어쩌다 대형마트에 쇼핑을 가는 날은 어느 코너를 먼저 들릴까 생각하다 여려 종류의 술이 있는 코너로 가서 술 이름을 들여다보는 버릇이 있다. 양주와 와인, 민속주, 과실주 공연히 기웃거린다. 알코올 도수가 약하면서도 건강에 좋다는 술을 골라서 사 온다. 그렇다고 해서 나는 술을 잘 먹는 편은 못 된다. 달맞이를 하려면 술이라도 한잔 먹고 잠자리에 들으면 기분이 그럴듯할 것 같아 일찌감치 달이 잘 보이는 각도에 누워 달을 쳐다보기로 했다. 달을 쳐다보며 홀짝홀짝 마시는 몇 잔의 술맛은 더욱 황홀한 느낌이다, 달은 오늘 밤도 여전히 내 품으로 들어올 기세다. 어제 밤은 그렇게 생글거리더니 오늘 달빛은 어제와 다르게 슬픔이 어려 있다.

하늘을 살펴본다. 저 멀리 먹구름이 우리를 시샘하듯이 서서히 밀려오고 있다. 달은 애처로운 눈빛으로 내게 호소하듯이 비춘다. 구름에 가려져 떠나기 전 으스러지도록 달을 껴안으니 어느새 구름 사이로 셀 쭉 빠져나간다, 한 달 후 이맘때쯤이면 다시 또 만날 수 있을까? 구름이라는 놈이 다시 시샘하지 않아야 할 텐데 하며 혼자 웃어본다.

오늘 밤도 창문을 열어 밤하늘은 물끄러미 쳐다본다. 내 가슴을 설레게 하던 달은 못난이 반쪽이 되어 회색빛 하늘 저쪽 모퉁이에 쓸쓸히 떠있다.

무엇이 매일 그렇게 바쁜지 밤하늘도 여유롭게 쳐다볼 짬이 없는 생활이다.

가끔 밤하늘을 쳐다보며 쟁반 같은 보름달을 자주 봐야겠다.

어린 날 외가댁 마당 평상에 누워 밤하늘을 쳐다보며 많은 동화를 상상했던, 달은 지구에 문명을 받아들이지 말고 예전처럼 그렇게 모두의 가슴을 설레게 했으면 좋겠다.

언제까지나……,

제2부

자주 감자

씨눈을 다 빼내지 않은 감자는 군데군데 덜 깎여 자줏빛 껍질이 남아 있어도, 이제 겨우 열한 살 난 외손녀가 제법 어른스럽게 감자를 머리에 이고 들어서는 것이 대견하다는 듯, 외할머니는 눈웃음을 시으셨다.

감정의 바다, 눈물

눈물은, 우리 몸으로부터 노폐물과 유해물질, 다시 말해 감정으로 생겨난 모든 물질들을 배출 시킨다고 한다. 눈물이 나오는 대로 흐르게 하지 않으면 불가피하게 스트레스가 쌓이게 된다고 한다. 스트레스는, 상징적 배출구를 찾아야만 하는데 그렇지 못하면 위궤양과 같이 심인성 질병의 원인이 된다고 한다. 사람의 몸에는 건강과 성격을 결정 짓는 네 가지 핵심이 있다고 한다. 그것이 바로 혈액, 점액, 흑담즙, 그리고 황담즙이라고 한다. 위의 체액이 균형을 잃으면 사람은 병을 얻게 된다는 것이다. 이 체액들을 조절하는 것, 즉 눈물은 체액을 방출시켜 균형을 잡는 것이라고 한다.

어느 잡지에서 잠깐 읽은 짧은 상식으로 나의 눈물에 대하여 생각을 해보았다. 요즈음 인기가 급상승한 신세대 남자 배우 권상우는 눈빛이 유난히 날카롭다.

탄탄한 외모에서 느끼는 것과는 정반대로 눈물을 흘리는 장면에서, 슬픈 일을 정말로 당한 사람처럼 연기를 너무나 잘한다. 어느 TV 프로 초대석에서 눈물 연기를 어떻게 그렇게 잘하느냐, 하고 사회자가 물었다. 그 배우는 별안간 양손을 비비며 마치 무엇을 들킨 사람처럼 얼굴이 붉어진다. 아버지와 어린 나이에 사별하고, 홀어머니와 어려운 청소년기를 보낸 추억을 회상하면, 눈물이 저절로 나온다고 한다. 어느새 그의 눈은 눈물이 넘칠 듯이 가득 고인다. 나 또한 걸핏하면 눈물이 주체할 수없이 쏟아진다.

"또 울어요?"

"아니에요, 눈에 먼지가 들어갔나 봐요."

나와 마주 앉은 사람은 참으로 딱하다는 표정과 눈물이 많아서 그런 거야. 이렇게 말한다. 얼굴로 흘러내린 눈물은 닦아내야 한다. 눈물자국을 닦으려면 거울을 보아야 한다. 여러 사람이 있는 장소에서 시도 때도 없이 거울을 꺼내들고 눈 주위를 살피는 내 모습은 품위가 없다. 거울공주라는 말과 함께 놀림감이 되기도 했다. 그런 상황에서 나는 당황하며 얼굴이 붉어지다 못해 진땀이 난다.

엄마 아빠가 맞벌이하는, 손자 도올은 낮 시간 동안 놀이방으로 맡겨져야 한다. 걸음도 익숙하지 않은 아이를 잠이 덜 깬 상태로 놀이방으로 가야 하는 스트레스가 이만저만이 아니다. 그 표현이 눈물로 나올 수밖에 없다. 아버지의 직장도 멀어서 일주일을 기다려야 아빠의 넉넉한 품에 안겨 볼 수 있다. 외할머니인 나 역시 직업을 가진 탓으로 돌보아 줄 수가 없다. 이른 아침 놀이방을 데려다줄 때면 할머니인 나를 꼭 붙들고 떨어지지 않으려고 한다. 눈물을 뚝뚝 흘려가며 우는 모습을 보면서, 아이 엄마는 물론 나도 눈물을 흘리고야 만다. 도올이 울음소리가 한낮이 지나도록 귓가에 맴돈다.

유난히 예쁜 도올의 눈에서 이슬방울 같은 맑은 눈물이 떨어질 때면, 나의 유년 시절을 떠올리며, 그때의 감정들을 절제하지 못하고 눈물을 흘린다. 이별의 슬픈 기억은 까마득한 세월이 가도 지워지지 않고 가슴속에서 아물지 않는 상처로 쓰라리다.

육이오 전쟁으로 가장을 잃은 나의 어머니는 홀로 생계가 막막했다. 일곱 살 된 아이를 친정집에 맡겨놓고 생활 전선으로 뛰어들었다. 자나 깨나 엄마의 옷자락을 붙들고 놓지 않았던 아이에게 그 시절, 어쩌다 맛볼 수 있는 왕 구슬처럼 큰 사탕 두 알을 손에 쥐어 주고 그 틈을 타서 출타를 하셨다. 엄마를 찾아 뛰쳐나갈 것을 염려한 외할머니는 문고리를 밖에서 끈으로 묶어놓았다. 엄마가 혼자 남겨 두고 떠났다는 사실을 알고부터, 서운함과 두려움에 머리를 벽에 부딪치며 울었다. 엄마를 따라 가겠다고 머리가 멍해지도록 격렬한 몸부림으로 시위를 하다 보면, 할머니가 단단하게 묶어놓은 문고리는 풀렸다. 방 밖으로 뛰쳐나와 엄마를 부르며 목이 터질 듯 울었지만 엄마는 보이지 않았다. 엄마를 태우고 간 버스가 지나간 길을 따라 달리고 또 달려갔지만 길은 끝나지 않았다. 자동차는 그림자도 볼 수 없었다. 온몸이 탈진 상태에서 되돌아오는 길엔, 낡고 헐렁해진 신발의 느낌과, 발바닥의 쓰라림은 내 눈물을 더 자극했다. 밤낮으로 엄마를 찾으며 우는 어린 손녀에게 할머니는 깊은 한숨을 쉬며, 눈을 크게 뜨고 무서운 표정으로 사태를 수습했다.

"그렇게 청승을 떨어서 하나 남은 네 어미마저 잡아먹으련?"

외할머니는, 눈물은 길한 징조가 아니라고, 나의 눈물의 흐름을 막았다. 할머니의 엄한 표정에 겁에 질린 나머지 억지로 삼킨 눈물은 딸꾹질 같은 괴이한 소리가 나면서 잦아들었다. 후~ 우우하는 짐승 같은 괴이한 긴 숨을 내고서야 울음은 끝이 났다. 가슴속에 잔뜩 담긴 서러움을 후련히 밖으로 토해 내고 나면, 잠시 전 우울한 기분과는 아주 다른 밝은 생각이 떠오르고 채기가 가라앉은 것처럼 속이 시원한 느낌이 들었다. 이내 멋쩍은 웃음이 저절로 나왔다. 내가 성인이 된 후, 그처럼 보고 싶어 했던 나의 엄마는 아무리 애타게 기다려도 오지 못할 길을 영원히 떠나고야 말았다.

어느 해인가, 우연히 그 옛날 외갓집이 있던 마을을 지나가게 되었다. 분 냄새나는 예쁜 엄마를 실은 버스가 매정하게 가버리던 길을 걸어보았다. 마을 앞을 지나가는 이차선 좁은 국도는 가로수가 잘 정돈되고 옛 모습 그대로 있었다. 어둠이 짙게 내리도록 하염없이 길을 바라보며, 엄마를 기다리는 소녀의 모습이 떠올랐다.

또다시 숨 막힐 듯한 그리움에 눈물을 쏟아내며 발길을 돌렸다.

나의 슬픈 기억은 감정을 절제하지 못한다. 내 의지와는 상관없이 감정의 바다가 되어 파도치며 눈물로 흐른다.

딸의 피아노

'클래식 오디세이', 매주 1회 자정이 넘은 시간에 방영되는 음악 프로그램이다. 나는 이 프로그램을 즐겨 시청한다. 그동안 화사한 햇살이 계속되는 봄날이어서 겨울이 다 갔다고 들떠있었다. 그러나 쌍춘 년의 봄은 겨울로 돌아갔다가 다시 오려는지 문밖으로는 함박눈이 하염없이 내리고 있다.

집 앞에 쌓이는 눈을 넉가래로 밀어내는 소리는 깊은 밤을 가르며 내 마음에 오선지를 그린다. 지금, '클래식 오디세이'에서는 쇼팽의 '즉흥환상곡'이 연주되고 있다. 내일 아침 일찍부터 일이 있는데, 피아니스트의 우아한 자태와 감미로운 리듬 속으로 나는 저절로 빠져 들어간다.

1970년대의 어느 날, 노을빛이 붉게 물든 저녁, 나는 오후의 평온한 골목을 걸으며 집으로 돌아가고 있다. 색이 바랜 양철 지붕들이 늘어선 가운데 제법 운치 있는 아담한 한옥이 있었다. 그 집에서는 언제나 일몰의 시간쯤, 피아노 소리가 은은하게 흘러나왔다. TV 조차 볼 수 없었던 시절 낭창낭창하던 피아노 소리는 나에게 지금도 한 폭의 아름다운 풍경화로 남아 있다. 내가 마치 피아노 속을 걷는 듯한 기분이었다.

딸아이는 결혼 후 전세살이를 하다가 지난가을, 조촐한 아파트를 어렵사리 장만해서 이사를 했다. 아파트로 이사하면서 자기 물건이라고 생각되는 것들을 가져가려고 했다. 전공 서적이 가득 들어찬 책장, 컴퓨터와 프린터, 책상과 의자, 그리고 피아노가 있었다. 그런데, 정작 이사 당일에는 다른 것들은 다음에 가져가겠다고 하고, 피아노만 먼저 옮기겠단다. 나는 그러라고 했다. 피아노만 탐내고 있던 딸아이의 속내를 나는 읽을 수 있었다.

이삿짐 옮기는 날씨치고는 좋지 않았다. 금방이라도 비가 올 듯 잔뜩 찌푸려 있었다. 소형 트럭과 함께 이삿짐센터 직원들이 왔다.

인부들의 익숙한 움직임에도 좀처럼 들어내지지 않던 피아노가 몇 번의 시도 끝에 트럭 위에 실렸다. 옴짝달싹 못하도록 밧줄에 꽁꽁 묶인 피아노가 문득 형틀에 갇힌 춘향이처럼 보이는 것은 무슨 이유였던가.

이삿짐 옮기는 인부들이 피아노 옮기는 실력이 없었는지, 영어설퍼 보였다. 나는 피아노에 조금이라도 흠집이 생길까 안절부절못했다. 용달차에 혼자 실린 피아노의 모양은 더욱 초라해 보이고 딸아이가 이제 영영 떠나가는 것 같아 걷잡을 수없이 눈물이 솟았다. 건물을 신축하고 이사 올 때 피아노에 작은 흠집이라도 날까 조바심하며, 두꺼운 담요를 덮어서 조심스럽게 다루었었다. 그런데, 지금 피아노를 옮기는 품새들이 너무 허술해 보인다.

"너무 오래됐지만, 조심해서 가져다주세요. 우리 딸아이 초등학교 2학년 때 사준 거거든요. 구식이라고 안 가져갈 줄 알았는데……."

나는 말을 맺지 못했다. 집안에 있을 땐 꽤나 커 보이던 피아노는 밖에서는 쓸모없는 고물처럼 너무도 초라해 보였다. 디자인이 구식이어서 더욱 낡아 보였다. 조심스럽게 다루어 줄 것을 부탁하는 말을 다시 건네자마자 피아노를 실은 트럭은 훌쩍 떠났다.

연주하지도 않은 피아노가 거실을 좁아 보이게 만든다며, 피아노 위에 아무렇게나 물건을 올려놓는 식구들이 마뜩잖았는데, 이제는 너무 휑하다. 피아노 덮개로 사용했던 천에 달린 레이스의 풀어진 올들의 모양새를 볼 때마다, 피아노를 서로 차지하겠다고 누나에게 머리를 맞대던 아이들의 모습이 눈에 선하다.

딸아이의 손이 얹히던 건반은 아이가 오른 손가락 관절통이 오면서 더 이상 내려가지 않았다. 가끔씩 아들이 장난삼아 누를 뿐, 피아노는 소리를 내지 않았다. 나는 딸아이가 건강을 회복해서 다시 피아노를 칠 수 있으리란 희망을 버리지 않았다.

아이의 피아노 선생님이 칭찬을 거듭해서 대출을 받아 들여 놓았던 피아노였다. 쇼팽의 즉흥환상곡을 아이의 손가락이 연주해 주리라 믿으면서 무리를 했었다.

그런데 아이는 몇 달 후 고열을 앓고 난 뒤 수술을 받게 되었다. 그 이후 우리 집에서 피아노 소리는 한 번도 들을 수가 없었다.

아이가 시집을 간 후, 외손자가 집에 오면 뚜껑을 열고 닫기만 하는 장난감일 뿐이었다. 아파트를 새로 장만하면서 피아노를 가져가겠다는 딸아이의 마음을 나는 이해할 것 같았다. 그동안 얼마나 피아노를 치고 싶었을까.

남편은 피아노가 있던 자리를 말끔히 닦았다.

"어이, 이젠 제법 넓어 보이네, 이 자리에다가 책장을 놓고 내 물건들만 올려놓을 거야."

입맛까지 쩝쩝 다시는 남편이 왠지 야속하다. 딸아이가 시집 간 지 7년이나 지났어도 늘 내 곁에 있는 것처럼 느껴진다. 엄마! 하고 지친 얼굴로 들어오던 아이, 배고프다며 냉장고를 열어보는 모습, 아가처럼 만세를 부르며 잠을 자던 모습, 두 남동생 얼굴에 반드레하게 화장품을 발라주던 딸아이……, 아이가 피아노 곁에서 미소 짓는 모습이 선연하다.

항아리

IMF 금융위기 숫자가 급증하면서 창업을 하다 망한 신 빈곤층은 160만 명이나 증가했다. 수 십 년 어렵게나마 맥을 이어 오던 자영업자들도 덩달아 생계형 빈곤층이 되고 말았다. 경제 자료 통계에서 발표된 은행 주택 담보대출이 59조 원을 넘었다고 한다. 늦게나마 정부에서 비상 경제 대책회의가 열리고 몇몇 대책 안을 내놓았다.

결혼 후 자영업으로 좀 더 나은 현재의 삶과 미래를 위해 밤낮을 가리지 않고 수고한 나에게 가족의 평가는 싸늘했다. 삶의 방향을 바꾸면 행복해질 것이라는 결론과 다시는 얼굴을 마주 보는 일이 없을 것이라는 생각은 서로를 위한 배려와 잘 살라는 기원은 어느 쪽이든 모른척했다. 나 혼자만 손해를 보고 훌쩍 자리를 정리하면 내 주변의 사람들은 모두가 홀가분해질 것을 바라며 낯선 곳으로 이사를 오면서 첫 새해를 맞이했다. 아무도 나를 찾아올 리 없다는 생각은 휴양지에 온 사람처럼 한적한 여유가 생겼다. 모처럼 하루를 늘어지게 수면을 취할 생각만으로도 마음은 평온하다. 이런 기쁨은 잠시뿐이다.

지출이 심한 당신이 없어야 이제부터라도 집안 형편이 나아질 것이라며 마지막 날까지 험한 말투로 마음에 상처를 주던 남편이 전화도 없이 아들의 뒤에 서서 불쑥 나타났다.

"글쎄 큰엄만 내가 못 들은척해도 몇 번이나 나에게 간곡히 말하는 거예요."

아이는 침울한 표정으로 말했다. 도무지 뭘 말하는지 얼른 짐작이 가지 않아 다그치듯 다시 물었다.

"항아리 말이어요, 약간 크고 길쭉한 항아리요, 어머니가 베란다에 놓아두고 쓰시던 거요."

한잠 자고, 노모가 계신 친구 집에 세배를 하러 가겠다며 누워있던 남편이 버럭 소리를 질렀다.

"야! 넌 남자 놈이 지난 일에 왜 그렇게 집착하나! 그런 말해서 뭘 해! 엄마 마음만 아프지, 쓸데…… 없이……."

버럭 소리를 지르며 돌아눕는 남편의 등 뒤에 아들은 얼굴을 바싹 붙이며 엎어진다. 아마도 눈물을 보이지 않으려는 것일 것이다. 단단하게 옹이가 맺혔던 마음의 담장이 우르르 무너지며 눈물이 솟구친다. 남편 또한 팔로 얼굴을 가린 채 중얼거렸다.

"이삿짐을 옮겨올 때 짐 정리를 도와주던 사람들이 폐기물로 버리려고 하는 것을 내가 이삿짐 상자에 넣어가지고 왔지.

돌 거북이랑, 맷돌이며, 다듬잇돌, 항아리, 그게 모두 다 당신이 좋아하던 물건들이지? 그런데 어떻게 하나! 큰 형수님이 이사 온 집 구경을 와서 항아리를 가지고 가겠다고 하시니, 형수는 이제 걸음도 제대로 못 걸으셔서, 무릎 관절이 많이 아프대……. 할 수 없지…. 당신이 서운해 할까봐 말하지 않으려고 했는데……. 이제 다 잊어버려! 당신도 잘 먹고 건강해, 난 그 집만 생각하면 악몽 같아! 이제 다 잊어요!"

낮은 목소리지만 다짐하듯 중얼거린다. 남편도 아쉬운 듯 긴 숨을 내쉰다. 가족이 서로 악다구니를 하며 견디어온 악령이 도사린 것 같은 그 집을 떠나온 지 그럭저럭 긴 시간이 흘러갔다. 상가 터로서는 흠잡을 곳이 없는 곳이었지만 땅값조차 제 값도 못 받은 꼴이 되고 보니 서로가 서로에게 감정이 생겼다. 가족은 모두가 악에 받친 마음으로 이사를 준비했다. 버리고 또 버리면서도 천 원짜리 물건 하나라도 이제 다시 새것으로 구입할 사정이 못될 것이라는 절박한 현실은 손 때 묻은 가구들을 버리면서 눈물을 삼켰다. 이사 날짜와 방향조차 다르게 선택하는 혼란한 와중에도 조심스럽게 다루던 윤이 흐르는 작은 항아리, 포장을 꼼꼼하게 마무리하여 내 이삿짐 쪽으로 밀어 넣었다. 비좁은 공간이라 살림 도구를 간단하게 정리하면서 항아리에는 쌀을 담아 놓고 사용하니 썩 잘 어울린다. 남편과 함께 간 큰 항아리는 겨울이면 김치를 담아 베란다에 세워두면 마음이 넉넉했다. 김치가 얼지 않도록 두툼한 담요도 감아 놓고 매서운 겨울을 지나면서 숙성된 맛은 요즈음 김치냉장고에서 익은 맛과는 또 다른 고유의 맛이 있었다. 봄에는 매실을 담아 발효를 시키고 여름에는 오이지를 담는 항아리로 늘 소중하게 다루었다. 복잡한 도로변 주택에선 새삼스럽게 항아리를 사들이기가 쉽지 않았다. 오래전부터 가지고 있던 항아리는 값비싼 도자기처럼 조심스럽게 다루었다. 안주인이 집을 나간 휑한 공간에서 유독 어울리지 못하고 쓸모없을 것 같아 보이던 항아리를 가지고 가겠다고 여러 번 요청한 큰댁 형님이 얄밉게 느껴진다. 따뜻하고 소중한 그 무엇을 잃어버린 참담한 마음이 되었다. 그것은 분노도 아니요, 목에 걸려 넘어가지 못하는 아픈 덩어리다. 몇 푼 안 가는 항아리를 되돌려 달라고 하면 우리의 마음을 모르는 형님은 서운해 할 것이다. 남의 것이 되고만 항아리의 기억은 해체된 가족의 마음을 오래도록 아프게 할 것 같다.

경제가 쪼들릴수록 서로를 비난하며 상대를 탓했지만, 우리에게 소중했던 것들은 따뜻한 배려의 마음이었다. 손에 잡히는 대로 위험한 물건들을 여자에게로 집어던지며 야비한 말투로 이성을 잃고 날뛰던 남자의 마음속에도 벌써부터 애증이 시작되었나 보다. 가족의 형태를 이루고 살았던 공간 속에서 함께 있었던 자질구레한 소품들까지도 어느새 그리움이 되어 아파지고 있는 것이다.

형용할 수 없는 응어리 같은 아쉬움이 밀려와 가슴이 뻐근하게 저리며 눈물이 솟는다. 황태 국을 정성 들여 끓이고 밥을 지었다. 흠집이라도 날까 보자기로 덮어 두고 한 번도 사용하지 않았던 반들반들한 소반을 꺼내 평온한 모습으로 잠든 아들과 남편을 위해 상을 차렸다.

"당신도 이리로 와야지."

이 남자와 살면서 들어 본 기억이 없는 잔잔하고 정이 담긴 목소리다.

봄볕이 유난하게 찬란한 어느 날, 재래시장을 가 보리라.

우리 곁을 떠나간 정 든 항아리, 그것보다 더 아담한 모양으로 빚어진 항아리에 봄 햇살 가득 담아 남편의 집으로 보내야겠다.

비올라 연주, 섬 집 아기를 들으며

일 년 내내 고향과 친척 한 번 생각하지 않던 사람들도 추석이 다가오면서, 휴일에 조상의 산소에 풀을 깎아주고 술 한 잔 부어놓고 그 간의 애환과 희망을 기원한다. 초라한 봉분 앞에서 잠시 자신의 뿌리를 돌아보는 모습은 현대를 사는 우리들에게 마지막 남은 따뜻한 정서이기도 하다.

며칠 전, 다녀간 큰 동생의 뒷모습을 보며 지금껏 한 번도 내색해 본 적이 없는 고달프고 외로웠던 젊은 날이 애잔하게 밀려온다. 큰 동생이 '명퇴'라는 철퇴를 맞고 직장을 떠난 게 엊그제 같건만 벌써 오 년이라는 긴 세월이 흘렀다.

퇴직 후 몇 군데의 직장을 옮겨 다니더니 이젠 아예 퇴직자 모임의 회원이 되었다고 한다. 그런 사람들과 어울리면서 시도 때도 없이 모여 앉아 술을 마시게 된다고 한다.

노년의 아버지 모습은 사업에 거듭 실패하시면서 더욱 지쳐 보였다. 길을 걸어가는 모습조차 힘든 모습으로 휘청거리셨다.

그런 아버지의 뒷모습을 닮아가고 있는 것 같아 그 모습이 측은하기만 하다. 둘째 동생이나 막냇동생은 내가 먼저 만남을 청하고 어머니의 산소에 갈 때 함께 가기를 청해도 대답뿐이다. 오히려 새삼스럽게 왜 그러느냐는 듯이 들은 척도 하지 않는다. 회사의 주요 간부 자리에 있던 동생이 노조의 거센 물결에 밀려 직장을 잃은 후로 정든 곳을 떠나 낯선 곳으로 이사를 하면서 외로운 생각이 드는지 정이 담긴 눈빛으로 말한다.

"늙어서 누나하고 둘이 고향에다 집 짓고 함께 살자."

각자의 가족이 있는 현실에 실행되기 어려운 이야기지만 큰 동생의 그런 농담 같은 말들은 시리기만 한 내 마음을 훈훈하게 해준다.

새아버지의 사업이 번창할 때 어머니는 큰 동생을 낳으셨다. 서양 아이처럼 예쁘게 생긴 큰 동생은 내 등에 업혀 잠이 들곤 했다. 그래서인지 실없는 소리를 해도 대견스럽기만 하다. 그동안 마음 고생이 많아 철이 들었는지 모처럼 과일 한 상자를 사주고 가면서 너스레를 떤다.

큰 동생이 겨우 걸음마를 할 때인 것으로 기억된다. 4.19, 5.16의 혼란 시대의 중소 자영업자들은 물론 우리 집도 끼니를 때우기가 힘든 상황이 오고 말았다. 어머니의 스트레스는 말이 아니었다. 사춘기인 딸이 눈에 거슬리는 대상일 수밖에 없었다. 무엇인가 어머니의 마음에 들지 않는 행동은 용서하지 않았다. 그런 어머니를 이해할 수 없는 심정이 되면 한아름의 옷

가지를 들고 제법 거칠게 흘러가는 냇가로 가서 방망이를 두드려 빨래를 하고 나면 마음이 가라앉았다. 학업을 중단하고 어머니 곁을 떠나오면서 사회라는 망망한 바다 위에서 어머니는 언제나 아픈 그리움으로 남아 가슴을 적셨다.

장수하지 못하시고 명을 달리하신 어머니의 산소에는 장례식 날과 아버지가 돌아가신 후 합장을 할 때 가 본 것이 고작이다. 나이 차이가 많이 나는 동생들은 가족사의 아픔을 느낄 수가 없었을 것이다.

조국이 몰락하던 시대를 살던 한 여자는 처녀 공출이라는 무서운 소문에 소학교를 졸업하자마자 서둘러 시집을 보냈다고 한다. 그 몇 년 후에 일어난 6.25 전쟁으로 스무 살에 가장이 되어야 했던 어머니, 어린 나이에 가장으로 어렵사리 이어 나가던 생활, 재혼 후에 또다시 겪어야 했던 생계의 문제들은 자식에 대한 애정을 배려할 마음의 여유가 없었을 것이다.

쓸쓸한 기억들은 흐린 가을 하늘빛처럼 우울하기만 하다. 추석을 앞두고 어머니의 손맛을 기억하며 김치를 담갔다. 소금절임을 하고 깨끗이 씻어내는 과정에서 어깨에 심한 통증을 느낀다. 이제 한 줌의 흙이 되셨을 엄마가 보고 싶다. 숨이 막히듯 그리움이 밀려든다.

그 시절 어머니는 아무것도 준비되지 못한 우리 가족의 겨울 한파를 몸으로 막아 보려는 듯, 어느 곳 하나 온기가 없는 썰렁한 집 안팎을 둘러보며 초조해하셨다. 요즈음 나는 가물가물

흐려졌던 엄마의 모습들을 닮아간다.

　얼마 전 나는 리처드 용재 오닐의 비올라 연주, <눈물>을 관람하며 누가 볼까 얼굴을 가리고 많은 눈물을 흘렸다. 자정이 넘고 새벽으로 가는 시간에야 잠자리에 눕는 고단한 하루를 마무리하며, CD로 <섬 집 아기>와 <쟈크 린트의 눈물>을 듣고 다시 또 듣는다. 아득히 먼 옛날 가슴에 묻어 버린 엄마가 자꾸만 불러 보고 싶어진다.

　'내 아이들은 나를 얼마나 따뜻한 엄마로 기억할까(?)'

　하는 생각을 하며……

자주 감자

나는 한 달에 두 번 정도 재래시장으로 장을 보러 간다. 깔끔한 디자인으로 사람들의 시선을 유혹하는 대형 슈퍼마켓으로 가지 않고 난전을 찾아가는 이유가 있다. 시장에 있는 할머니의 물건 중에는 순수한 우리의 옛 모습이 남아 있기 때문이다.

오랫동안 자리 잡은 노점상인 할머니의 물건들은 검은 비닐봉지에 담아 잘 보이지 않는다. 할머니가 다독거리는 그 속에서 나는 오래전에 잃어버린 기억을 들추어 내듯이 꼼꼼히 비닐속을 살핀다.

"아 저거 자주색 감자 아니에요?"

"응 그래, 이 감자 맛있어. 내가 농사지은 거야. 사가우."

모두 합쳐야 열 개가 좀 넘을 것 같다. 땅속에서 캐낸 지 열흘도 넘은 듯 윤기가 없다. 참으로 오래간만에 보는 자주감자다. 나는 잃어버렸던 보석이라도 발견한 듯이 소중히 받아든다. 감자는 모두 합해서 그것뿐이었다. 감자의 모양도 많이 변해 있었다.

　나는 옛날처럼 감자에서 씨눈을 칼로 도려내고 얇게 껍질을 벗겨냈다. 깍두기 모양으로 썰어서 냄비에 넣고 감자조림을 해 본다.

　내가 어린 시절엔 못생기고 작은 감자라도 소중한 식량이었다.

　한여름 무더위에 대지가 달아올라 후끈거리는 오후, 학교에서 돌아오면 숙제를 하듯 감자를 한 바가지 담아 가지고 샘물이 고여 있는 밤나무 밑으로 간다. 밤나무 밑으로는 작은 웅덩이가 있어 시원한 바람이 불었다. 자주 감자의 씨눈은 촘촘히 박혀 오목오목 들어가고 작은 돌멩이처럼 단단했다. 그런 모양의 감자를 까기란 쉬운 일이 아니다. 오랫동안 감자 껍질을 벗길 때마다 사용했던 놋수저는 반쯤 달아서 날카롭기가 칼끝처럼 예리하다.

　마을 중심으로 가로질러 흐르는 물은, 팔십여 가구의 생명수였다. 동네를 반으로 딱 갈라놓은 지점 맨 위쪽 산 밑으로 맑은 물이 끝없이 솟아나서 흘러 내려왔다. 신기하게도 겨울에는 손이 시리지 않을 정도로 물의 온도가 올라 김이 모락모락 났다. 여름철엔 얼음처럼 차가운 냉기가 돌았다. 마을과 멀지 않은 곳에서 흉한 일이라도 생기면 샘물 줄기는 가늘어졌다. 마을 사람들은 아주 신비한 샘물이라고 상상했다. 물이 흐르는 줄기를 따라 마을 한가운데는 넓은 공터가 있다. 공터 옆으로 제법 넓은 웅덩이를 이루고 다시 가늘게 흘러갔다. 물웅덩이 옆 해 묵은 아름드리 밤나무의 시원한 그늘은, 평화로운 마을 풍경이 었다. 까마득히 올려다 보이는 밤나무 어느 가지에 붙은 매미 가 애절한 노래를 부를 때쯤 이면 여름은 더욱 깊어진다.

마을 사람들은 낮잠이 들었는지, 숨소리 하나 들리지 않고 조 용하다. 길거리를 다니는 것은 몸이 제법 크고 벼슬을 커다랗 게 세운 수탉밖에 없다. 수탉은 먹이를 쪼아대며 동네를 어슬 렁거린다. 하얗고 통통한 암탉은 수탉을 졸졸 쫓아다닌다. 만 발한 밤꽃의 냄새가 진동한다. 감자 껍질을 벗겨내는 어린 소 녀의 손놀림도 제법이다. 울퉁불퉁한 작은 감자에 콕콕 박혀 있는 씨눈은 좀처럼 빠져나오질 않는다. 한참을 들여다보며 껍 질을 벗겨 낸 감사에 물을 자작하게 담아서 어른들처럼 머리 위에 올려놓고, 조심조심 걸어간다. 헐렁한 고무신에 잔뜩 들 어간 물은 찔꺽찔꺽 소리를 내며. 머리 위에서 출렁거리는 물 은 소녀의 옷을 적신다. 씨눈을 다 빼내지 않은 감자는 군데군 데 덜 깎여 자줏빛 껍질이 남아 있어도, 이제 겨우 열한 살 난 외손녀가 제법 어른스럽게 감자를 머리에 이고 들어서는 것이 대견하다는 듯, 외할머니는 눈웃음을 지으셨다. 그 시절엔 하 루 한 끼도 감자를 먹지 않을 때가 없었다. 밥을 지을 때 잡곡과 함께 넣어 먹는 자주 감자는 언제 먹어도 쫀득한 맛이 있었다.

마을로 서늘한 바람이 불어오면 밤꽃 향기는 사라지고 나뭇잎은 누런빛으로 웅덩이를 엎어버릴 듯 우수수 떨어진다. 까칠하게 여물은 밤송이는 만삭으로 쩍 벌어져, 힘겹게 매달려 있다가 아기 주먹만 한 밤알을 뚝 떨어뜨린다. 소녀가 감자를 까러 밤나무 밑에 앉아 있다가 어쩌다 주운 굵직한 알밤은 소녀의 작은 손엔 꽉 찬 기쁨이었다.

나는 지금도 밤꽃 냄새를 향기롭다고 생각한다. 어떤 사람들은 밤꽃 향기는 별로 좋은 냄새가 아니라고 한다.

어느 해 여름, 동네 어르신 한 분이 사과처럼 큼직한 분홍빛 감자를 가지고 왔다.

땅에 심은 후 사십일만 지나면 감자를 수확한다는 것이다. 마을 사람들은 감자에 녹말을 시험해 보기도 하며 집집마다 그 감자를 심기 시작했다. 감자 수확이 훨씬 많아졌고 감자를 까는 것도 수월해졌다. 감자가 굵어지고 표면이 매끈하기 때문이었다.

어머니가 끓이셨던 감잣국 맛은 지금도 잊히지 않는다. 윤이 나도록 잘 닦인 양은솥이 올려진 화덕에 불을 붙이고, 멸치 국물이 말갛게 우러나올 때 감자를 숭덩숭덩 썰어 넣으면 감자는 연한 미색으로 변하며 사르르 몸을 떨며 익었다. 어머니가 해마다 연중행사로 만드시는 간장은, 태양빛이 잘 스며들도록 애지중지하셨다. 어머니의 음식 맛은 그 장독대에서 나왔다. 어림잡아 떠온 간장 한 종지 넣고 실파와 마늘이 들어갈 즈음, 화덕 속에서 이글거리던 장작의 불길이 허옇게 사그라들며 재로 변한다. 보기에도 먹음직스러워 입맛이 다셔지는 노르스름하고 맑은 감잣국이 상에 올려졌다.

올여름은 유난하게 감자를 많이 먹었다.

감자로 반찬을 만들 때마다 어머니를 생각하며 정성 들여 만들어 보지만 그때의 맛을 느낄 수 없다. 토질이 변해 감자 맛이 변한 것일까, 아니면 내 입맛이 변한 것일까?

무더위도 어느새 훌쩍 가버리고, 입추를 열흘쯤 남겨놓았다. 매미란 놈은 긴 여운을 남기며 애절하게 울어댄다. 딱딱한 벽돌 건물 어디에 붙어 있을까, 어느 집 정원의 작은 나무에 붙어 있을까, 잊혀가는 모든 것은 싸한 아림으로 가슴을 헤집고 들어온다.

아버지를 추억하며

들풀 내음이 안개처럼 스미는 초저녁, 상점의 불빛이 드문드
문 밝혀진 한적한 길을 걸으면 아버지 생각에 눈시울이 뜨거워
진다. 아무도 지키지 않는 빈 상점 안을 기웃거려 보면 어디선
가 아버지가 그 인자하신 모습으로 앉아계실 것만 같기 때문이
다.

"네 어찌 왔냐? 요즈음은 평안하냐?"

투박한 함경도 사투리로 아버지께서 내게 안부를 물으실 것
같아 아련한 그리움에 가슴이 뭉클해진다.

아버지가 사업에 지쳐 심신이 힘들어 하시면서도 그처럼 갖
고 싶어 하셨던 작은 점포 하나 마련해 드리지 못했던 그때의
죄송스러움은 지금도 미안하고 아쉽기 그지없다.

그 시절 서민에게 최고의 먹거리이던, 뜨겁게 달아오른 철판
위에서 노릇하게 잘 구워진 삼겹살을 상추 한 잎에 마늘 조각
을 얹어 아버지께 소주 한 잔 부어 드리면서 정담을 나누고도

싶었다. 언젠가 조금의 여유가 생기면 해드려야지, 하는 마음만으로 지내왔다. 그러다가 세월과 함께 모든 것이 물처럼 흘러가 다시는 되돌아올 수 없는 아쉬움이 되고 말았다.

아무리 어려운 생활 속에서도 눈 한번 크게 뜨신 일 없으셨던 아버지, 육칠십 년대 불어닥친 경제난으로 사업에 거듭 실패하고, 끝내는 건강까지 잃고도 넉넉한 인품을 잃지 않으셨던 아버지. 오랜 병마를 이겨내시고 자리에서 일어나 백발이 된 머리로 지팡이에 의지하시고도 제일 먼저 딸인 나를 찾아주셨다.

나와 아버지의 인연은 내 나이 열두 살 나던 해 처음으로 시작되었다.

외할아버지와 할머니께 큰절을 올리시던, 처음 듣는 투박한 북한 사투리, 나는 외할머니 등 뒤에서 아버지를 훔쳐보았다.

긴 모피코트와 잘 어울리는 팔자 콧수염, 진갈색 모피 모자를 쓴 모습이 멋진 아버지와 새로운 학교로 가던 날 나는 동화 속 주인공이 된 듯했다.

아버지는 영어, 일어, 중국어, 러시아어에 능통하셨다. 월남할 때 배에 싣고 온 고서와 유명 작가의 소설, 각종 서적으로 서점을 경영하시기도 하셨다. 아버지의 서재에 가득 찬 명작에 묻혀 반항이 심했던 사춘기 시절엔 두문불출하고 독서에 몰두하기도 했다.

철없었던 내가 일찍이 사회인이 되어 직장을 따라 객지로 나

왔을 때,

"저의 딸입니다. 부족한 점을 잘 지도해 주십시오."

라는 인사를 하러 먼 길을 찾아 주셨던 아버지. 당신이 나의 생부라면 무심코 지나쳤을 소소한 일상 하나하나 기억하며 나이를 먹을수록 아버지의 의미가 되살아난다. 아버지란 이름은 내 삶에 든든한 울타리가 되었다.

요즈음 남북 화합의 희소식이 들리기도 한다. 아버지가 살아 계셨으면 얼마나 기뻐하셨을까? 많은 생각을 해본다.

처음 해상을 통해 북한으로 배가 떠나던 장면을 TV를 통해 보았다. DMZ 남쪽 1마일 지점에 위치한다는 경의선의 최북단 역인 도라산 역 이정표를 달던 날,

"오십 년을 기다려 겨우 몇 십 리 왔으니 앞으로 통일은 얼마나 더 오랜 세월을 기다려야 만 하느냐."

라고 목이 메어 말을 잊지 못하던 어느 실향 노인의 절규가 마치 아버지의 목소리처럼 들려왔다. 후일 남북한이 철로가 연결되었을 때, 사용될 남쪽의 마지막 침목 위에, May This Railroad unite korean Families <남북한 이산가족이 하나 되기를>라고, 한국 전쟁의 종말과 한반도의 통일을 염원하는 현, 미국 대통령이 서명한 기사를 읽었다.

분단된 한반도 통일의 염원은 평화를 기원하는 모든 나라의 바람일 것이다. 끊긴 나머지 철로는 또 얼마를 더 기다려야 이

어질까. 아버지가 생전에 그처럼 돌아가고 싶어 하던 함경북도 회령, 원산까지 기차가 오고 갈 날은 언제쯤이 될까? 이산가족 상봉을 신청했던 사람들 중에 순서를 기다리는 세월 동안 노령으로 사망하는 경우가 하루에도 열 명 가까이 된다고 하는 안타까운 현실과, 북한의 가족들에게 영상으로 유언을 남긴다는 뉴스도 듣는다. 남북 최고 이인자가 제3국에서 만남이라는 희미하게라도 밝아오는 희망의 뉴스도 접한다. 요즈음은 어디 가나 북한산 농산물을 흔히 볼 수 있다. 예전과는 달리 북한에서 생산된 물품들이 우리 농산물 보다 더 토종일 것 같은 신뢰가 든다.

아버지는 약주가 거나해지시면 꼭 한 번씩 부르시는 애창곡이 있었다.

"명사십리 해당화야~"

고향에 두고 온 두 아들과 조강지처가 그리워 지그시 감은 두 눈엔 눈물이 넘칠 듯이 가득 고여 손수건을 꺼내들고야 말았다.

해방과 함께 가족을 남겨두고 남쪽으로 데려오겠다고 약속을 했다고 한다. 끝내 돌아갈 수 없는 상황이었지만, 남북통일이 되면 제일 먼저 고향으로 돌아갈 것이라는 희망이 아버지의 삶의 목표였다.

심한 가뭄과 가난, 정치적 불안정으로 60~70년대 서민의 생활은, IMF 후 수년 전부터 거듭되는 최근의 불황에 비할 바가 아니었던 것으로 기억된다. 아버지의 사업도 말이 아니었다. 낡은 시멘트가 부슬부슬 부서져 내리듯 맥을 못 추고 하락하고 말았다. 탄탄하게 유지되던 사업의 저조로 힘을 잃고 급격하게 약화된 지병으로 통일의 실마리도 풀지 못했던 팔십 년대에 아버지는 세상을 떠나셨다.

생전의 두 분은 아들을 연이어 낳고 화목하셨다. 그러면서도 아버지의 마음은 북쪽에 남겨 두고 온 가족을 늘 잊지 못하여 내 어머니보다 높은 점수를 주셨다. 조용하고 알뜰하시고 아름다우셨던 어머니도 세상을 떠나셨다. 오랜 세월을 함께 하시고도 북쪽 고향으로 돌아갈 것 같았던 바람 같은 아버지, 먼저 돌아가신 어머니와 묘지를 합장으로 모시던 날. 천생연분이라고 부질없는 생각을 했다.

남편의 약속

달콤한 아침 잠결에 들 뜬 남편의 목소리가 들려왔다.

올겨울 마지막 눈을 보러 가자는 말에 나는 눈이 번쩍 떠졌다.

남편은 바지와 점퍼를 단단히 입으라고 말하며 모자와 장갑을 찾아준다며 부산스럽다.

운동화를 찾아 신고 나는 머릿속으로 카메라를 찾았다. 지난번 쓰고 어디다가 두었는지 생각이 나지 않아 아쉬운 마음으로 집을 나섰다. 아침 8시가 다 된 시간이었다.

남편은 신호등을 건너고 인도를 걸으면서 여길 밟으면 안전하고 저쪽은 밟지 말라는 등 꼼꼼히 주의를 시키고 앞장서서 걸어갔다.

"나는 아침에 벌써 한번 답사하고 왔어 당신에게 꼭 보여주고 싶었어."

집에서 20분도 안 되는 거리에 '강원대학교' 뒷산으로 들어가는 산책로 입구가 보였다.

"여보 저 발자국은 내 발자국이야 내가 당신과 오고 싶어서 일부로 꼭꼭 밟아 놓은 거야. 이리 와 저쪽으로 저 거 좀 봐! 얼마나 멋진지 몰라. 아 당신 정말 기가 막힐 거야. 저 나무들 좀 봐! 얼마나 그림 같은가 나는 이 길을 아침마다 천천히 네 바퀴 씩 돌아 걸으면 한 시간쯤 넘게 운동이 돼."

사는 동안 함께 산책을 해 본 일이 언제였는지 까마득하다. 그래서 남편은 더 신이 난 듯했다. 남편의 마음과는 달리 내 마음은 속 빈 무처럼 바람이 들어오는 것 같았다.

30여 년을 살았으면서도 어찌나 잡다하게 바쁜 생활이었던지 마음에 여유가 없었다.

우리 집과 가까운 곳에 이런 길이 있었는지 몰랐다.

밤새 눈이 얼마나 많이 왔는지 우리 두 사람 말고는 아무도 보이지 않았다.

산 입구 도로변에 백색 승용차가 한 대가 있을 뿐이다. 차 안에서는 하얀 김이 모락모락 나고 있었다.

"여보 저기 사람이 있나 봐요."

"저 차는 말이야 내가 새벽 6시 30분에 여기 왔을 때부터 저렇게 서 있는 것이 아마 남자와 여자가 둘이서 왔나 봐."

"그래요 저 사람들도 눈 구경하러 둘이서 왔나 봐요. 이 좋은 눈을 밟아 보지도 않고 차에서 뭐 하는 거야."

우리는 이렇게 수다를 떨며 산길로 들어섰다. 오솔길 치고는 제법 넓은 길이다. 양쪽으로 나뭇가지들이 휘어져서 땅 위에 닿을 듯이 밤새 내린 눈을 들고 있다.

어떤 나무들은 제법 굵은 가지인데도 뚝 꺾여 쓰러진 가지가 더러 있다. 또 어떤 가지는 아주 힘없는 작은 가지인데도 다 휘어져 땅에 닿을 듯 힘겨워하면서도 눈의 무게를 잘 받쳐 들고 있었다. 무게를 못 이겨 가지가 부러진 나무를 보니 갑자기 차가운 바람이 가슴을 비집고 들어와 한기를 느끼게 한다.

소규모 사업을 30년 넘게 하면서 가정의 살림을 도맡아 했던 나였다.

모두가 맞지 않는 결혼생활이었다. 대화가 적은 우리 부부의 일상은 상대방을 이해하려는 생각조차도 하지 않았다. 마음에 상처를 받지 않으려고 서로 피하기만 했다.

남편은 여자가 살림을 잘못해서 모아 놓은 돈이 없다고 심한 언어폭력으로 극한 상황을 만들었다. 그럴 때마다 나는 마음에 심한 상처를 받았다.

가정에서의 상처 받은 마음을 털어버리려고 밖으로 눈을 돌려도 여전히 괴롭기만 했다. 그런 가운데에서도 아이들을 보면 마음은 아파도 웃으며 살려고 노력한 지난 세월이었다.

애초에 상처 없는 든든한 나뭇가지는 잔가지도 휘어질 때로 휘어지면서도 결코 부러지지 않았다. 조금이라도 상처 받은 나무는 약간의 무게에도 쉽게 부러졌다.

사람의 경우도 마찬가지 일 것이다. 나는 눈 풍경이 너무 아름다워 저절로 감탄사가 나오면서도 서로 생각의 차이가 심해 갈등이 심했던 지난날을 떠올리며 눈물이 핑 돌았다.

내 속마음을 모르는 남편은 마냥 즐겁기만 한 듯하다.

짧은 산책로에 갑자기 쏟아져 내린 많은 눈으로 마치 깊은 산 중에 들어와 눈 속에 갇혀있는 듯한, 벅찬 감동에 어쩔 줄 몰라 나뭇가지에 쌓여 있는 눈을 끌어 모아 꼭꼭 다져 강아지 안 듯이 가슴에 안고 산을 내려왔다. 강원대학 부속고등학교 옆으로 내려오면서도 폭설의 아름다운 절경이었다. 가로수 나뭇가지 에도 눈이 쌓여 축축 늘어진 그 화려함은 이루 표현할 수가 없 다. 남편은 더욱 신이 난 것 같다.

"여보 이 것 좀 봐! 이런 멋진 길이 어디 또 있을까? 당신 참 잘 왔어! 조심해 미끄러질라. 그런데 이 길을 시에서 4차선을 만든다고 하는데 학교에서 허락을 안 한다는 거야, 우리가 참 좋은 곳에서 살고 있어. 집에서 잠깐이면 올 수도 있고, 전국에 있는 대학교중에 이런 좋은 여건을 갖추고 있는 대학은 거의 없을 거야."

요즘 들어 여기저기 도로가 새로 생겼다. 어떤 마을은 길옆으 로 잔잔한 들꽃이랑 코스모스가 만발해서 환상의 드라이브 코 스로 너무나 좋았던 길이 있었다. 시내에서 아주 가까운 길이 었다. 도시마다 교통 편리를 위해서 이곳저곳 새로운 길을 만 들어 내다보니 요즘은 예전처럼 아늑하고 정겨운 길은 없어진 듯하다.

춘천의 공지천도 마찬가지다. 춘천에 좀 오래 살고 있는 사람들은 공지천 호수를 모두 사랑할 것이다. 공지천 팔각정에 불이 꺼지던 날은 가슴에 싸한 아픔을 느꼈다.

내 추억이 함께 사라진 것 같은 아쉬움에 마냥 공허를 느꼈다. 어지간하면 그대로 유지했으면 하는 바람이었다. 이대로 몇 년 만 더 지나면 고향처럼 느껴지는 그 아늑함이 사라지고 말 것이다. 내 나이 열아홉에 춘천으로 왔다. 춘천은 아늑하고 정겨운 곳이다.

왜? 그렇게 춘천이 좋은지……, 오늘 걸어본 이 길에 진달래, 개나리 등 작은 야생 꽃들이 피어나는 봄이면 눈부시게 아름다울 것이다. 매미가 울어대는 여름날은 나무들이 뿜어대는 산소로 몸 안의 노폐물을 깨끗이 씻어 줄 것만 같다. 가을날 마른 잎이 날려면 그 쓸쓸함으로 눈물이 날 것이다. 생각의 차이가 심해 서로 갈등하면서도 아름다운 눈 구경을 시켜주려고 이 추운 날 산길을 두 번씩이나 오르내린 남편의 마음이 고맙기만 하다.

효자 자식보다 주정뱅이라도 남편이 제일이라고 누군가에게서 들었던 기억이 난다.

바쁜 일상생활 떨쳐버리고 이 신선한 길을 자주 오자는 아주 평범한 남편의 약속에 참으로 오랜만에 나는 남편의 손을 살며시 잡아당겼다,

그 손은 단단하고 따뜻했다.

영역 뺏기

　방 안을 들여다보니 가슴이 뿌듯하다. 이제 나 혼자 사용할 방안을 둘러보니 잠이 올 것 같지 않다. 책상이 방의 5분의 2를 차지했지만 이만큼의 공간을 차지하기 위해 이 년 넘게 남편과의 갈등은 이루 말할 수가 없었다.

　세 평이 조금 넘는 이 작은방은 우리 식구들에겐 정말 많은 추억이 깃든 장소다. 새 집으로 이사를 오면서 제일 작은 이 방은 딸아이가 쓰게 되었다. 책상과 피아노를 놓고도 딸아이는 좁다는 불만을 하지 않았다. 아이들은 서로 방 바꾸기를 하며 그 방을 좋아했다. 아들이 대학을 나와 군대를 가면서 그 방은 비어있게 되었다. 여유 있는 공간이 없어도 불편하다는 느낌이 없는 것은 방 벽의 한쪽 면이 넓은 창으로 되어 있기 때문이다. 큰 길의 해 묵은 가로수가 창문턱까지 올라와 사계절 큰 나뭇가지 끝머리에서 계절의 감각을 볼 수 있었고, 집 가까운 곳에서 일어나는 일들이 훤히 보이기도 했다.

우리 집의 평화로운 정적이 깨지기 시작한 것은 외지에서 호젓하게 자기만의 공간을 넉넉하게 사용하던 남편이 퇴직하고 집으로 돌아오면서부터였다. 갑자기 많아진 시간을 지루해 하던 남편이 공인중개사 자격시험을 준비했다.

"아무래도 내가 저 방을 서재로 써야겠어."

어느 날 남편은 그 방으로 책과 당장 필요한 옷가지들을 옮겼다.

아침 산책을 하기 위해 일찍 잠을 자는 남편은 자영업을 하는 내가 늦은 시간 귀가해서 조심스럽게 움직여도 불편해했다. 남편과 함께 생활했던 안방에서 내 소지품들은 공동의 공간인 거실 한쪽 모퉁이로 옮겨졌다. 명퇴 후 예민해진 남편은 내가 잠시 옷을 걸어놓아도 소동을 벌였다. 안방은 옷걸이에 걸어놓은 남편의 옷들과 장롱, 침대로 더 이상 내가 잠을 자기도 숨이 막혔다. 남편이 안방을 다 차지하고도 또다시 아이들이 쓰던 방을 혼자 서재로 차지하겠다고, 어이가 없었다. 그러던 중 뜻하지 않은 좋은 기회가 왔다. 남편은 십여 년 전부터 미뤄왔던 수술을 하게 되었다. 십 년 넘게 큰 고민거리였던 수술이 잘되어 홀가분하다며 좋아했다. 수술은 잘 되었지만 척추마취 후유증으로 허리 물리치료를 받게 되었다. 서재로 쓰겠다던 작은방은 별로 사용하지 못한 채 안방 침대 위에서 찜질을 하며 누워있는 시간이 많아졌다. 딸아이는 모처럼 집에 있는 아버지가 심심하겠다며 소설책을 여러 권 가지고 왔다. 독서를 하면서 남편은 다른 사람처럼 부드러워졌다. 집안 분위기는 한결 따스함이 돌았다. 나는 이 때다 하고 작은 목소리로 방 이야기를 하며 남편의 얼굴 표정을 살폈다.

"여보 아이들이 쓰던 작은방을 내가 쓰면 안 될까? 거실에 화장대를 놓고 쓰니 보기가 어수선하고."

남편은 탐탁지 않은 표정으로 그 방에 대한 미련을 버리지 못하고 어정쩡하게 찬성했다. 그의 외출을 틈타 도둑고양이처럼 남편의 책들을 거실과 안방으로 옮겨놓았다. 남편이 술에 취해 들어와서 방 때문에 화를 내면 어쩌나 하고 불안해하면서도, 악착스럽게 그 방을 차지하려고 하는 내 꼴이 한심하다는 생각으로 웃음을 참을 수 없어 큰 소리로 웃으며 책장을 옮겼다.

남편은 방을 양보한 것에 화가 나 있었지만 내색을 하지 않았다. 남편의 눈치를 살피며 지낸 며칠 드디어 사건이 터지고 말았다. 집안 청소를 해 준 아주머니는 남편이 자랑스럽게 생각하던 물건을 못쓰는 것으로 알고 쓰레기와 함께 버렸다. 버려진 물건을 찾아 다시 집안으로 가지고 들어온 남편은 험악한 표정으로 내 얼굴에 주먹을 밀착시키며 휘둘렀다. 자제력을 잃은 모습을 보며 내가 참다못해 한마디 대꾸를 하면 다시 험악한 얼굴로 욕설을 퍼붓고, 지옥 같은 시간이 두어 시간쯤 지나갔다. 방을 완전히 나에게 빼앗겼다는 것에 그의 분노는 쉽게 가라앉지 않았다. 안방에 나란히 붙어있는 남편의 옷장과 내 옷장을 따로 분리해 놓았으면 좋을 것 같았지만 평수가 넓지 않은 공간에서 이럴 수도 저럴 수도 없었다. 아무도 먼저 말을 하지 않았지만 혼자만의 공간을 확보하려는 사소한 불화는 끊이지 않았다. 두 사람의 모습을 본 아들 녀석이 능청스럽게 한마디 했다.

"아버지가 쓰시던 방을 뺏으시니 기분이 좋으세요?"

"아니 너 지금 무슨 말을 하는 거냐? 뺏다니? 너 너무 심한 말을 하는 것 아니니? 그럼 난 어디로 가니? 아버지가 안방도 다 차지하고, 내 물건을 거실에다 놓으니 온 집안이 다 지저분하고, 그럼 내가 이제껏 맞벌이한다고 고생만 죽도록 하고, 나 혼자만의 공간도 없다는 말이냐?"

나는 거의 악을 쓰고 있었다.

"어이구 엄마나 아빠나 두 분 다 똑같아요."

내가 차지한 방은 너무 작아서 안정감이 없었다. 여러 차례 방주인이 바뀌면서 자기 취향에 맞게 쓰느라고 다른 방보다 장판이며 벽지가 많이 더러워져 있었다. 남편과 나는 결혼 후 말다툼 잦으면서도 잠자리만큼은 함께 했었다. 그런데 남편과 나는 슬그머니 각방을 쓰는 생활이 시작되었다. 좁은 안방에서 함께 생활하며 불편해했던 지난 시간들보다 더 안정감이 없는 잠자리가 되었다. 침구를 펴고 잠을 청하려면 답답해서 방문을 약간 열어 두어야 한결 시원했다.

안방을 혼자 차지한 남편도 혼자 잠들기 적적한지 방문을 빼꼼히 열어놓았다. 그러면서 능청스럽게 말했다.

"방문을 닫으며 당신이 보이지 않아서 그래. 나는 당신이 왔다 갔다 하는 모습이 참 좋아."

남편이 사용하는 안방 문을 반쯤 열어 놓으면 침대 위에서 내가 방 안에서 무엇을 하는지 빤히 건너다보인다.

사랑한다 미안하다

"이제 지금 나가면 다시는 돌아오지 않을 거예요, 날 찾지
마세요. 그리고……, 아니 어머니가 죽으면 결국은 내가 해결
하게 되겠지요, 그럼 저~ 나가요."

"흥, 흐흐흐 그래도 내가 죽으면 네놈이 나타나서 일 처리를
해주겠단 말이냐? 에이~ 몹쓸 놈아~!"

엄마에게 모진 말을 퍼붓고 문을 부서져라 밀치며 집을 뛰쳐
나간 아들은 이틀이나 지나도록 전화 한 통 없다. 어미의 자격
도 없다며 목에 시퍼런 정맥을 드러내며 악을 쓰는 아들의 입
안을 아뜩한 심정으로 멍하니 들여다봤다. 차마 내 입으로는
되뇔 수 없는 말들을 서슴지 않는 그 얼굴의 근육은 무섭게 일
그러지고 온 힘을 다해 악을 쓰는 순간 아이의 입속은 마치 짐
승의 아가리와도 같았다. 그런 험악한 사태가 벌어질 때는 짐
짓 몸서리쳐지며 어미의 품 안에 있다고만 생각했던 아들이 무
서워진다. 가족 간에 벌어지는 흉악한 사건들을 상상하며 말꼬

리를 낮추고 한 발 뒤로 물러난다.

아들과의 사이에서 벌어졌던 일들은 쉽게 생각에서 지워지지 않고 내 가슴을 쓰라리게 하며 마음을 괴롭힌다. 장성한 아들과 한 번 빗나간 견해 차이는 사소한 일이라도 얼굴을 붉히며 다툼이 벌어졌다. 그때마다 아들의 입에서 더 험한 말이라도 나오면 나 또한 절제하지 못하고 내 감정을 드러낼까 두려워하며 목소리를 낮추어야 했다. 보다 더 큰 사건을 막기 위해 나의 방어라고 볼 수 있다. 그런 일들이 반복되면서 나는 분노를 조절하는 것에 익숙해지려고 마음을 다잡았다. 아무도 없는 허공을 향해 못 쓸 놈이라고 푸념을 하다가 끝내는 뜨거운 눈물을 줄줄 흘렸다. 가슴속에서 뜨거운 열기를 뽑아내는 깊은 한숨으로 상황을 종결한다. 내가 어렸을 때 나의 어머니는 자식들로 인해 마음이 상하셨을 때면,

"내가 너 같은 놈을 낳고도 아들 낳았다고 으쓱대며 미역국을 먹었구나."

하는 말들을 혼자 중얼거리시면서 한숨과 함께 치마폭으로 눈물을 닦으셨다. 그런 어머니의 모습은 한없이 초라해 보였지만 지금의 나도 어쩔 수 없는 상황에서 어머니의 삶을 재연하며 산다. 소중하게 생각하던 그 무엇을 아주 잃어버린 것처럼 허망하기도 하고 가슴이 아리다. 주방의 모든 물건들을 내동댕이쳐서 조각을 내고 싶도록 화가 치밀다가 온몸의 힘이 모조리

빠지는 허탈함과 동시에 눈물이 와르르 쏟아지기를 반복한다. 젊은 날 아이들로 인해 희망과 삶의 의욕을 느꼈던 순간들을 생각해 본다.

너무나 소중하고 보드라운 내 아들의 몸을 으스러지도록 껴안고 비단결보다 더 곱고 만질 수조차 없도록 능청하게 잘생긴 얼굴 위에 뽀뽀를 해주며 두 눈을 감았던 행복했던 순간들을 생각해 낸다. 아들에게 받은 모멸과 배신감으로 인해 쓰라린 마음은 어느새 눈 녹듯 사라지고 홧김에 아무 준비 없이 집 밖으로 뛰쳐나간 아들이 혹여 다치지나 않을까? 하는 염려로 핸드폰 번호를 눌러 행선지를 확인하고야 안도의 숨을 쉰다. 아들의 너무 대견하고 천진스러운 모습은 지금도 생생하다.

아파트 단지가 들어설 것이라던 개인 소유의 땅은 수년 동안 보상 문제로 낡은 집에 사람들이 살고 있었다. 그곳은 아들이 다니던 초등학교로 가는 지름길이었다. 비탈진 길을 지나가다 농가 터 밭에 말뚝을 박아놓고 풀을 먹게 하던 황소가 신기하기도 하고 무섭다고 하면서도 아이들은 그 길로 학교를 오고 갔다. 어느 날 아들은 온몸이 땀범벅이 되어서 숨차게 집안으로 들어왔다. 진지하고 걱정스러운 표정으로 질문을 했다.

"엄마~ 나 아기 적에 엄마 젖을 먹었지요? 친구들이 그러는데 우유를 먹은 사람은 소 아들 놈이래요. 학교 가는 길에 그 소 말이에요. 난 아니지요?"

그때 나는 앞가슴의 단추를 열고 젖을 보여주며 이 젖은 네가

먹고 다른 한쪽은 동생이 먹었다고 설명을 했더니 아이는 비로소

"휴~ 안심이다."

라고 중얼거리며 이마의 땀방울을 닦았다. 아들이 장성한 후에도 엄마에게는 언제나 천진난만한 아이의 모습으로 보인다.

요즈음 젊은 엄마들 사이에선 모유 수유하는 사람들이 부쩍 많아졌다. 엄마의 품에 안긴 아가가 젖을 힘껏 빨면 아가의 목 안으로 모유가 넘치면서 넘어가는 소리가 들린다. 아가의 한쪽 손은 엄마의 다른 쪽 젖을 만지면서 엄마의 눈을 올려다 본다. 아가의 맑은 눈을 들여다보며 너무나 사랑스러워 아가의 머리를 쓰다듬는다. 아가는 젖을 입에 물고 엄마와 눈이 마주치면 음~음 우우우~ 너무나 만족해서 손과 발을 흔들며 궁둥이를 들썩이며 웃는다. 그런 젊은 엄마와 아가의 모습은 눈이 감겨질 듯이 평화롭다.

나 또한 산고의 고통 속에서 내 아들의 얼굴을 확인하고 내 품에 안았을 때 최고의 행복감과 일체감을 느낀 것으로 기억된다. 세계적으로 일어나는 청년 범죄의 원인을 알고 보면 유년기에 부모의 따뜻한 배려와 사랑이 부족하게 성장한 사람들의 비틀어진 심리가 대중을 향한 명확하지 않은 분노를 참지 못하기 때문이라고 한다.

한 사람이 일생을 살아가는 성격의 형성은 영 세부터 세 살까지의 환경에 의해 결정된다고 한다. 가난을 대물림하고 살면서

모유 수유를 포기하고 일에만 매달렸던 젊은 날이 아쉽기만 하다. 돈을 열심히 벌어야 자식들에게 좋은 엄마가 될 수 있다는 일념으로 아들을 품에 안아주고 머리를 쓰다듬어 주기보다는 밤늦도록 일에만 전념하며 살았던 날을 되돌아보면 내 아이들에게 미안해진다.

아들아! 사랑한다, 미안하다.

어머니 행주치마

어머니, 밖엔 온갖 꽃들이 흐드러지게 만개했습니다.

다시는 꽃을 피워낼 것 같지 않았던 해묵은 고목의 틈새에 여린 싹이 움트더니 어느새 잎이 무성해졌습니다.

어머니와 함께 지내던 그 시절에는 반찬으로 먹던 풀들이 들판에 널려 있었습니다.

사월의 들판에 이름 모를 꽃들이 저마다 봉오리를 터트리면 온갖 나비가 날아들고, 그 곁에 푸른 잎들까지 어우러져 봄은 그 어떤 계절의 꽃밭보다 더 아름답습니다.

갑자기 어머니가 만들어주시던 질경이 범벅이 먹고 싶어집니다.

그 시절, 저는 학교에서 돌아오면 대나무 소쿠리에 책 한 권을 넣고 들판으로 나가곤 했었지요. 징검다리 건너 들판에는 질경이가 지천으로 널려 있었으니까요.

여린 순만 뜯어 바구니에 담아 그득 차면 그 곁에 앉아 가져

온 책을 손에 들고 읽곤 했었지요. 그러다 졸음이 쏟아지면 물줄기를 따라 내려가며 물방울이 송골송골 맺힌 미나리를 칼로 도려내 바구니에 담는 기쁨이란 여간 즐거운 일이 아니었습니다. 어쩌다 키가 크고 살이 통통하게 오른 시강이라는 들풀을 찾으면 더없이 기뻤습니다. 뿌리 쪽은 붉은빛을 띠우고, 잎에도 붉은 줄기가 있었지요. 야들야들한 풀 대궁을 꺾으면 뚝하고 신음소리를 내곤 했었습니다. 가운데 구멍이 뚫린 시강의 껍질을 얇게 벗겨내고 한 입 잘라 입에 놓으면 그 새콤한 맛이 제겐 달콤하게 느껴지기도 했었습니다.

소설을 읽다가, 질경이를 뜯다가, 다시 소설책 속에 정신을 빼앗기다가, 다시 미나리를 뜯어 담다 보면 어느새 석양은 붉게 익어가고 있었습니다. 소설책을 나물 속에 숨겨 가지고 황급히 집으로 돌아오면 어머니는 마당 화덕에 불을 지펴 물을 끓여서 질경이와 미나리를 삶아 양푼에 담아 놓으셨습니다. 저녁밥을 지으실 때, 삶은 질경이 물을 꼭 짜내서 밀가루에 버무려 소금을 훌훌 뿌린 다음 잦아지는 밥의 한 옆에 조심스럽게 얹어 떡처럼 쪄내곤 하셨지요. 그 쫀득한 맛을 아직도 잊을 수가 없습니다. 그래서 이렇다 할만한 반찬이 없어도 어머니의 밥상은 늘 푸짐 했었습니다. 식구들이 둘러앉아 입맛을 다시며 밥을 먹던 기억이 아련히 떠오릅니다.

궁핍한 살림에 몰리다 더 피할 곳이 없으면 아무도 모르게 눈자위가 붉어지시던 어머니!

저는 이제야 어머니의 시간들을 아픔으로 느낍니다. 어떤 날인지 어머니는 학교에서 늦게 돌아오는 아들을 생각하시고 넘어가지 않는 빵을 물 한 그릇으로 억지로 넘기시며 가슴을 쓸어내린 적이 있으시지요.

어머니, 저도 오늘 마른 빵 같은 삶 한 조각이 목에 걸려 눈물이 앞을 가립니다. 이번 달은 어떻게 넘기지 하는 생각 때문입니다. 예전 어머니처럼 요즘은 저도 모르게 눈물이 왈칵 쏟아질 때가 많고, 그럴 때마다 어머니가 견딜 수 없을 정도로 그립습니다. 체한 것처럼 가슴이 꽉 막히곤 합니다.

어머니가 갑자기 사고로 돌아가셨을 때, 어머니 발바닥엔 반창고가 붙어 있었다고 들었습니다. 어머니의 고달팠던 생애를 헤아리면 가슴이 아립니다.

요즘 제 발에도 티눈이 생겼습니다. 통증으로 절룩대며 티눈 반창고를 붙여서 허옇게 불어터진 각질을 뜯어내며 어머니의 아픔을 앓아봅니다. 그러나 그 아픔과 함께 더한 고통으로 나를 짓누르는 것은 경쟁의 대열에서 낙오하지 말아야 한다는 무서운 현실입니다. 그때 어머니 발뒤꿈치가 갈라졌던 이유가 삶의 무게 때문임을 이제야 깨닫습니다.

오늘 아침 창문으로 스며든 햇빛이 눈부셔 두 눈을 꼭 감고 이불을 뒤집어썼습니다. 나라 전체가 어려워 어수선합니다. 저도 예외는 아닙니다.

어머니, 손목이 시큰거리도록 열심히 살고도 가족에게 왜 늘 미안해 하는지 모르겠습니다.

  햇빛이 유난히 맑은 사월, 어느 날 어머니는 겨우내 한 번도 세탁한 적이 없는 이불을 뜯어 냇가로 가지고 가셨지요. 아무리 날씨가 많이 풀렸다고 하지만, 어머니의 손과 발은 빨갛게 얼어 있곤 했었지요. 입술조차 파랗게 얼었는데, 왜 이마엔 땀방울이 흐르고 있었는지 이제야 알 것 같습니다. 빨랫줄 가득 세탁물을 널어놓고 눈이 부신 어머니는 눈을 꼭 감곤 하셨지요.
  어머니, 저도 때론 강렬한 햇살이 얄밉기만 합니다. 화사한 차림으로 밝은 미소를 띠고 거리를 활보하는 사람들을 보면 심통이 날 때도 있습니다. 변한 것은 아무것도 없습니다. 해는 늘 같은 방향에서 떠오르고 또 집니다. 꽃도 역시 매년 이맘때 흐드러지게 피어 만발하는 것도 이전과 다르지 않습니다.
  그러나 그 시절의 가난은 서로를 하나로 묶어 화합하도록 만들어 주었습니다. 서로를 측은하게 생각하게 했고, 비록 콩 한 조각이라도 상대의 입에 넣어주려고 애를 쓰곤 했었습니다. 그때와 견주어 달라진 것은 사람의 마음들뿐입니다. 서로를 불신하고 원망하는 일에 너무나 익숙해져가고 있습니다. 서로의 잘못을 따지려고 목소리의 톤을 조절합니다.
  아침에 눈을 뜨면 언제 들어 닥칠지 모르는 위협에 가슴이 조이고, 저녁에 눈을 감으면 바윗덩이 같은 것들이 숨통을 짓누

릅니다.

얼마 전 벚꽃을 보러 갔었습니다. 함께 간 사람들은 벚꽃이 아름다워 환호성을 질러댔습니다. 그때, 저는 하얗게 날려 떨어지는 꽃잎을 한 움큼 움켜쥐고 소리 없이 흐느꼈습니다. 이유 없이 눈물이 앞을 가렸기 때문입니다.

올해도 벌써 그처럼 화려했던 벚꽃은 모두 져버렸습니다.

수없이 많은 바람들이 힘없이 떨어져 어디론가 사라진 듯해 허전합니다.

사계절 나무 그늘 하나 없는 개울물에서 빨래를 하시던 어머니의 그 작은 몸이 얼마나 저리고 아팠을까, 생각하며 당신을 그리워합니다. 근육 통증과 싸우며 신음하시던 모습이 잊혀지지 않습니다. 그때 어머니가 아무리 힘드셔도 손수 차려주시던 밥상이 눈에 선합니다.

"당신은 아무것도 몰라. 너무 맹탕이야!"

부진한 사업으로 힘드실 때마다 아버지는 어머니에게 핀잔을 하시곤 하셨지요.

그런 말을 들으면서도 혼자 얼굴만 붉히시던 어머니 모습이 철없던 제 눈엔 한없이 무능해 보이고 정말 어머니가 무엇을 크게 잘못한 것 같아 원망스럽기까지 했습니다.

그런 아버지의 질책을 등에 지고 부엌으로 들어가시며 행주치마를 뒤집어 눈물을 닦으시며, 억울함을 어쩌지 못해 답답함을 몰아내듯 콧물을 풀어내시던 어머니!

어머니 행주치마는 귀한 쌀로 죽을 쑤어 광목 자루에 넣고 주물러 으깨어 만든 고운 풀물에 담가 손으로 다지듯이 고루 뒤적여 햇볕에 말리곤 하셨지요. 습도가 알맞게 되면 반듯하게 접어 보자기로 덮고, 자근자근 밟아 큰 주름을 편 다음 참숯을 벌겋게 피워 달군 무쇠 다리미로 반듯하게 다림질해서 입으시곤 하셨지요. 그런 어머니의 모습은 갓 시집온 여인처럼 단정하고 고우셨습니다. 그렇게 정성을 들인 어머니의 행주치마는 사나흘 부엌을 오가다 보면 풀 기운이 죽어 후줄근해졌었지요. 하루를 마친 어머니의 고단한 모습처럼 말입니다.

수년 전부터 불경기가 계속되면서 사람들 대부분은 살기가 힘들어 전전긍긍하고 있습니다.

우리 가족도 다 함께 모여 속 시원하게 웃어본 지가 언제였는지 모를 정도입니다. 가정경제를 도맡아 살림을 꾸려온 저는 소비가 수입을 넘어 죄인처럼 가족들의 눈치만 살피고 있습니다. 간혹 질책을 받을 때마다 울분이 터집니다. 어쩔 수 있는 다른 방법이 없는 저도 저에게 화를 내곤 합니다.

오늘, 그때 어머니처럼 빨랫줄에 넘치도록 젖은 옷가지를 널며 어머니가 흘리셨던 눈물처럼 아픔을 흘리고 있습니다.

어쩌면 어머니는 그때, 지금의 저처럼 눈물을 흘리셨을지 모릅니다. 도망쳐도 이내 따라와 눈앞에 쏟아져 내리던 그 햇살 때문에……

마치 어머니 체취인 듯, 음식 냄새 흠씬 배어 있는 어머니의
행주치마 폭에 얼굴을 묻고 소리 내어 엉엉 울고 싶어집니다.

오늘은 어머니가 유난히 더 그리운 날입니다.

입영 연기 사유서

아들을 둔 부모라면 군대를 보낸다는 것이 누구나 공포일 것
이다. 부모의 마음도 그럴진대 군대를 가는 당사자의 심정은
더욱 겁이 날 것이다. 마치 대수술 날짜를 정해놓은 사람처럼
초조하고 불안해한다. 주변에서는 군대 가서 좋았던 이야기는
하나도 없고 선배 상사를 잘못 만나 심한 구타에 괴롭힘을 당
하던 이야기들뿐이다. 듣기만 해도 온몸이 오그라드는 듯한 심
정이 된다.

우리 집도 예외는 아니었다. 그나마 건강해서 현역으로 나간
다는 것이 가슴 뿌듯하기도 했지만 온통 집안에 적막이 엄습했
다. 친구들이 위로해준다고 연일 술을 사주고 급기야는 한 달
남짓 남겨 놓고는 엄마 앞에 엎드려서 으흐흥 소리를 내며 얼
굴을 가리며 우는 흉내를 내고 야단이었다.

바로 아래 동생은 한술 더 떠서 이런저런 주워들은 이야기로
엄마의 마음을 더욱 심란하게 만들었다. 훈련 중에 샤워할 시

간도 너무나 작게 주어서 미쳐 비누도 닦아 내지 못한다는 등, 청결하지 못해 염증이 생긴다는 등, 별별 이야기가 다 나온다.

나는 그때까지 생각지도 못한 고민에 빠졌다. 그동안 먹고 사는 일이 급급해서 그 나이 되도록 두 아들의 할례를 못해주었다. 달력에 표시해 놓은 입대 날까지는 꼬박 한 달 남아 있었다. 건강에 완전 무장을 해서 보내고 싶은 것이 어미 마음이다. 정형외과, 내과, 치과까지 다녀오게 하고 마지막으로 비뇨기과를 찾았다. 마침 가는 날이 장날이라고 개인 병원마다 세미나 참석 관계로 대부분의 비뇨기과가 휴진하는 날이었다. 생각 끝에 종합병원에 직원으로 있는 친척에게 이야기를 했더니 자기네 병원 외과로 오라고 했다. 외과에서는 그런 수술은 수술도 아니라며 아주 간단하다고 했다. 수술에 일가견이 있다는 의사를 소개했다. 그날 오전부터 세 곳의 비뇨기과를 들러서 겨우 받은 수술이라 정신이 없었다.

무사히 수술을 마치고 집으로 돌아왔다. 잔뜩 찡그리고 있던 아이는 집에 오자마자 노발대발 화를 내는 것이었다. 우리는 간단한 수술이라고 마음 놓고 실실 웃으며 왜 화를 내느냐, 남들도 다 하는 건데 하고 또 웃음을 참았다. 아프기도 하지만 더욱 화가 나는 이유는 나이가 비슷한 여 간호사들이 몇 명씩 들여다보는 가운데 멀쩡하게 눈을 뜨고 수술을 했으니 그 수치심이 오죽했으면 집에 와서 엄마에게 소리를 치며 화를 냈다. 일주일이면 거뜬히 낫는다고 넉넉잡고 십오 일 정도면 상처가 아문다고 해서 한 달이면 충분한 기간이라고 생각했다. 수술 부위에 닿을까 봐 마침 사온 구두 상자가 있어서 그것으로 널찍하게 덮어놓고 공간을 확보해 놓고 있으니 웃음을 참을 수 없을 정도였다. 그런데 이상하게도 꿰맨 자리가 아물기는커녕 실밥이 터지고 피가 나서 뭉글뭉글 흘러나왔다. 당황한 마음에 병원을 다시 찾아갔다. 의사 선생님 말씀이 아주 수술이 잘 되었다는 것이었다. 좀 더 참고 기다리면 보기 좋게 아물 거라 했다. 하루는 화장실에서 겁에 질린 목소리가 다급하게 들렸다.

"엄마 이리 좀 와서 이것 좀 봐주세요."

눈물을 글썽거리며 소리를 친다. 나는 호기심 반과 안타까움으로 들여다보니 피가 뚝뚝 떨어지며 퉁퉁 부은 모양이 차마 바로 볼 수가 없을 정도였다. 낫기는커녕 실로 꿰맨 자리가 벌겋게 벌어진 모습이 마치 둥근 햄을 칼집을 내서 뜨겁게 달구어진 철판 위에서 뒹굴린 모양과 흡사하다. 아니 토마토케첩을 뿌려놓은 듯하기도 하다. 나는 당황한 나머지 눈에는 눈물이 나면서도 웃음을 참을 수가 없었다.

얼마나 아프면 다 큰 어른이 엄마 보고 봐 달라고 소리를 쳤을까. 이제 입영 날짜는 일주일 남아 있다. 상처는 아물 생각도 하지 않았다. 급기야는 입영을 연기하는 사태가 벌어졌다. 입영을 연기하던 날은 입대 날짜를 이틀 앞둔 날이었다. 아이가 다니던 학교에서 서류를 가지고 와서 병무청에 가서 연기 사유서를 써야 한다고 했다. 학교가 좀 멀리 있었던 관계로 겨우 마지막 시간에 병무청에 갔다. 병무청 직원에게 이런저런 사정을 이야기했다. 직원은 대수롭지 않은 표정으로 서류 어느 부분에 '포경수술' 이렇게 적는 것이었다. 민망스러워 얼굴을 붉히며 되돌아서려고 하는데 마침 아는 여자 직원을 만났다. 쑥스러워 웃는 나에게 다른 사람들도 더러는 그런 문제로 연기를 한다고 했다. 아이는 그 후로 얼마간 더 반복되는 고생하다 상처는 아물었다. 나는 나중에야 우스운 사실 하나를 생각해 냈다. 군대 가서 체력이 떨어져 고생할 것을 염려한 생각 끝에 수술하기 얼마 전 보약 한 재를 먹은 것이 화근이 된 것이었다. 한약을 지어 주시던 한의사분이 웃으면서 넌지시 던진 말이 떠올랐다.

"이제 보십시오, 이 약을 먹으면 아침마다 힘이 불끈불끈 솟아날 겁니다. 소변 줄기도 굵어질 겁니다."

아이는 아파 죽겠다는데 나는 웃음을 참지 못했다. 왜 아물지 않고 덧나기만 하는지 뭐가 잘못된 수술은 아닌지, 불안한 생각에 병원을 가면 의사는 수술이 정말 잘 됐다고 하며 빙그레 웃었던 것이었다. 이럭저럭 고생한 끝에 수술 자리는 아물었다.

어려운 훈련을 마치고 첫 휴가를 나왔을 때 군복을 정갈하게 입은 아들의 모습은 참으로 자랑스럽기만 했다.

세례 받던 날

유년의 특별한 기억들은 나의 일생의 희망이며 꼭 해내야 하는 숙제와도 같았다.

나이가 먹어 갈수록 나는 숙제를 못하고 학교에 가야할 학생처럼 마음이 늘 개운하지 못하고 언젠가는 호된 야단을 맞게 되지나 않을까 늘 불안했다.

나의 유년시절, 다섯 살이나 위이신 이모를 따라 마을에서 십 오리쯤이나 떨어진 교회로 주일예배와 수요일 저녁예배에 참석했다. 큰 고개를 하나 넘으면 군단 사령부 안에 군인 목사님이 예배를 인도하시는 교회가 있었다. 주일학교 선생님도, 풍금을 치시는 선생님도 모두가 군인 아저씨들이었다.

유년부 주일예배를 지도하셨던 선생님은 나를 성탄절 저녁 예배에 목사님만 올라가시던 높은 강단 위에서 성탄 축하 찬송을 독창으로 부르게 해주셨다.

그때 내가 박자도 틀려가며 부른 어린이 찬송가는 지금도 기억이 생생하다.

담 밑에 봉숭아 어여쁜 봉숭아, 그 누가 날마다 키우시나, 날 사랑하시는 우리 주 예수님, 언제나 쉬지 않고 키우신다.

꽃 찾아 나르는 어여쁜 나비는, 그 누가 날마다 키우시나, 날 사랑하시는 우리 주 예수님, 온 세상 만물을 키우신다.

그 무대 위에서 어색함과 떨림, 그래도 끝까지 불러서 박수갈채를 받았던 기억은 정말 큰 기쁨으로 지금도 그때의 벅찬 가슴이 생생하다. 초등학교를 졸업하고 중학생이 되면서 이모와 나는 마을에서 가장 높은 곳에 위치한 교회로 주일예배와 여름 성경학교를 다녔다. 내가 지금껏 알고 있는 성경 말씀과 찬송가는 그때 배운 것이 전부다.

어제가 있었기에 오늘이 이어지는 삶은 나의 성실함과 부지런함과는 상관없이 어려운 경제와 괴로운 일들이 내 주변에서 끊임없이 일어났다. 참을 수 없는 스트레스로 인해 더 큰 괴로움을 자처하는 생활이 되풀이 되었다.

산만한 생활을 정리해 보려는 결심으로 나는 대학에서 계절학기로 강의가 열리는 평생 교육원의 시 창작 반에 등록을 하게 되었다. 재수강을 거듭한 끝에 지도교수님은 창조문학 계간지에 수필로 신인상을 받는 기쁨을 안겨 주셨다.

세상에서 나와 만난 악연들은 막다른 벼랑 끝에서 나의 목을 졸랐다. 괴로움은 끝이 없었다. 문 밖 출입조차 삼가 해야 하는 절박한 나에게, 창조 문학과의 인연이 된 명지대학 사회 교육

원 문창과 교수님은 문학창작 지도자 자격증 취득과 시 창작 공부를 하러 명지대학으로 오라고 하셨다. 그때 교수님의 말씀은 아버지의 부르심 같은 큰 힘으로 거역할 수 없었다. 새벽에 출발하는 기차를 타고, 또 택시를 타고 강의실에 도착하면 겨우 강의 시간에 지각을 면했다. 두 시간 시 창작 수업을 마치고 나면 곧바로 필수과목인 성경 강의실로 가야 했다. 대학건물 끝에서 반대쪽 끝으로 허겁지겁 달려가면, 강당의 육중한 문은 어느새 굳게 닫혀 있었다. 살며시 문을 밀고 들어가도, 성경 말씀을 전하시는 목사님의 눈길과 정면으로 마주 치고 만다. 빈자리에 앉아 가쁜 숨을 몰아쉬면 성경 강의는 어느새 끝이 났다. 목사님은 두 손을 높이 들어 축원 기도를 하셨다. 나는 아무리 서둘러도 늘 시간이 모자랐다. 늦은 나이와 아무리 노력해도 해결될 길이 없는 경제, 모든 서러움이 한꺼번에 복받쳤다. 강의가 끝나고 몰려나오는 학생들의 손을 한 사람 한 사람 악수를 청하시는 목사님의 손을 나는 힘껏 잡았다. 젊은 학생들 틈에서 주름진 나의 얼굴을 보이지 않으려고 머리를 깊이 숙였다.

"늦게라도 오셔서 감사합니다."

목사님은 내 손을 꼭 잡고 따뜻하게 웃으셨다.

늦은 저를 위해 강의실 문에 빗장을 걸지 않으신 하나님 아버지의 사랑에 나는 눈물을 흘렸다.

지금은 목사님이 되시고, 시조시인이시며 창조문학의 총무

님이신 문창과 교수님은 걸음마를 시키듯, 나를 초신자 교육 예배로 인도하셨다. 세례 과정을 공부하면서 말씀과 문학으로 나의 어설픈 시를 발표하여 시인이라는 이름표를 달아 주셨다.

나는 한 번도 보지 못한 육신의 아버지와, 하나님 아버지를 동시에 그리워하며 그동안 참았던 서러운 눈물을 하염없이 흘렸다.

"한 번도 뵙지 못한 당신이 그리워 늘 눈물을 흘렸습니다. 언젠가는 꼭 당신을 만날 것 같은 기다림과 설렘이었습니다. 생각해 보면 어느 곳에서나 아버지는 항상 저를 부르고 계셨습니다. 그때마다 저는 살기 바쁘다는 핑계로 미루었습니다. 하지만 저는 아버지가 늘 그리웠습니다. 세상에 짓궂은 아이들이 괴롭힐 때도, 고해바칠 아버지가 그리웠습니다. 이제는 세상 친구들 앞에서 내 아버지를 자랑하고 싶어집니다."

내가 그처럼 소원하던 세례를 받는 날, 이른 새벽부터 춘천에서 열차를 타고 장거리를 달려간 탓인지, 세례 순서를 기다리는 순간 참을 수 없도록 졸음이 밀려왔다. 나는 그 순간 마귀를 의식했다. 손가락을 비틀고 살을 꼬집었다. 맑은 정신으로 가다듬으려고 입술을 깨물었다. 나는 무사히 세례를 받고 안도의 숨을 쉬었다.

나의 초신자 과정과 세례 과정을 지도하셨던 권사님은 대견한 눈빛으로 나의 등을 토닥여 주셨다.

몇 년 전부터 '잘되는 사업은 드물고 살기 힘들다.' 라는 말들이 일상적인 인사가 되었다. 가족이란 의미조차 따뜻함이 없다. 나에게 주어진 하루의 삶을 마무리하고 나면, 새벽이 가까워야 잠자리에 들어도, 내일의 삶이 걱정이 되어 잠을 이루지 못하는 밤이 많아 졌다. 나는 이제 막 말을 하기 시작한 어린 아이처럼, 주기도문과 사도신경을 외운다. 찬송가 테이프를 틀어놓고서야 평온함을 되찾으며 잠이 든다. 나 혼자는 해결할 수 없는 심각한 경제난에서도, 미릿속은 시원하고 가슴은 봄 햇살처럼 따사로워지는 것을 느낀다. 든든한 보호자가 내 곁에서 나를 지켜주고 있는 것 같아 마냥 든든하다. 현재의 어려움도 하나님 아버지께서 나에게 길을 열어 주실 것을 믿어 의심하지 않는다.

내가 주의 말씀을 내 마음속에 두었습니다.
내가 주께 죄를 짓지 않기 위해서입니다. 〈시편 119 : 16〉

기도

손을 높이 치켜든 목사님은 '오, 주여! 오~오! 주여'를 절규하듯 외치신다. 조용하던 예배당 안 이곳저곳에서도 '주~여 오~주~여 아버지여…….' 나도 눈물이 주르륵 흘러나오고서야 겨우 마음을 진정한다. 목사님은 성경의 기록들을 현실에 비유하며 알아듣기 쉽게 전하기 위해 이런저런 실례를 들며 열정적으로 설교를 하지만 성도들은 묵묵부답으로 앉아 있다. 어느 대목에서는 나 혼자만이라도 '아멘' 하고 손을 들어 박수를 치고 싶다.

예배를 마치고 돌아오면서 '내가 이번 주일에 교회를 나오길 참 잘했다.'라고 어린아이처럼 나를 칭찬한다.

경제가 어려운 시기에는 주일에 만사를 제쳐놓고 교회를 나간다는 것조차도 망설여진다. 일을 해야만 돈이 되기 때문이다. 나는 8살 유년기에 예배당에서 어린이 성경 말씀과 찬송가를 접한 이후 성경을 한번 제대로 읽어 보지도 못했다. 그래도 나는 그리스도인이며 증거가 없어도 하나님은 언제나 나를 사랑하고 계신다고 생각한다.

나는 늦은 나이에 홍역처럼 호된 과정을 겪은 후, 조금씩 삶의 가치관을 버렸다. 내가 살아있는 동안 꼭 필요한 수입이 될 수 있는 가게 자리와 주거를 함께하는 공간이 최소한이다. 비좁은 공간 안에서 과거 물건들과 현재가 부딪치며 혼잡하다. 그나마 꼭 필요한 도구들을 나열해 놓고 나면 쉬어야 될 공간은 더욱 심란하다. 그래도 어미의 품속은 언제나 따스하고 넓어야 한다. 서민 경제를 책임지고 해결하겠다던 새 지도자의 약속도 속수무책으로 무산되고 저소득층의 모든 세입자가 고통을 겪는다. 가난한 어미 품에서 새로운 둥지를 틀고 날아간 내 아들조차 비켜나갈 수 없는 현실이다. 퇴직금을 미리 정산하고 은행 대출을 받고도 모자라 처가의 도움으로 집을 사게 된 아들은 그 때문에 처갓집 근처로 이사를 가게 되었다. 평수가 적더라도 자신의 경제력에 맞추어 작은 집이라도 선택했으면 좋겠다는 조언을 했지만, 두 아이의 아버지이며 한 여자의 남편으로서는 어쩔 수 없는 선택이라고 한다.

처갓집과 화장실은 멀어야 된다. 겉보리 서 말만 있어도 처가살이는 하지 말아야 된다. 예로부터 전해지는 속담처럼 정신적 괴로움과 일거수일투족이 편치 않을 것을 예측하면서도 아내의 의사를 존중했다고 한다.

결혼 초와는 다르게 수입이 빠듯한 사위를 대하는 장모님의 쓸쓸한 표정이 못내 부담스럽다며 하룻밤이라도 만사 내려놓고 엄마 집에서 쉬고 가겠다는 아들의 얼굴은 너무도 지쳐 있다. 옹색한 공간에 잠자리를 마련해주면서 아무것도 줄 수 없는 어미는 위로의 말조차도 함부로 할 수가 없다.

아들은 어릴 때부터 성실하고 마음이 여리고 착하다. 주일만이라도 예수님의 공동체 안에서 사람들과 어울리며 정을 나눈다면 부족한 현실이지만 화목한 가정이 될 것이라고 권해보지만 아직은 자기 주관적 생각들을 접지 못한다. 그 또한 생의 고단한 시행착오를 수없이 경험하며 조금씩 내려놓게 될 것이다. 너무 멀리 가서 힘겨워하지 말고 하나님의 품으로 돌아오기를 간절한 바람으로 기도한다.

"오, 주여 오~오 주여! 당신의 사랑 안에서 육체와 영혼이 평온하게 지켜주소서."

그리운 어머님께

어머니! 어느 사이에 가을이 물씬 다가오고 말았습니다.

며칠 전이었습니다.

무심히 마루 끝에 서서 밖을 내다보고 있었어요.

머리 위에 보퉁이 하나이시고 종종걸음으로 어머니가 우리 집을 향해 오고 계십니다.

나는 반가움에 대문을 밀치고 달려 나갔습니다.

그러나 짐짓 걸음을 멈추고 말았습니다.

내 몸속에 솟구치던 더운 피가 스르르 아래로 흘러내리는 듯했습니다. 마치 마른 나무처럼 구멍이 뚫린 듯 황망한 심정이 되고 말았습니다.

아, 내 어머니가 아니셨구나.

지나치는 어떤 분이셨습니다.

그래, 내 어머니는 오래전에 유명을 달리하신 것을…….

차디찬 눈보라가 휘몰아치던 날, 눈물조차 메말라서 나오지 않던 날, 어느 자식보다 통곡해야 할 내가 정작 눈물이 말라버린 그 심정.

평소엔 그리도 눈물이 많은 내가 한 많은 어머니 영전 앞에 통곡조차 나오지 않으니 어머니, 나는 그 어떤 표현으로도 내 슬픈 마음을 표현할 수가 없었나 봅니다.

아직도 젊으셨던 나이에 좋은 일, 좋은 옷 한 벌, 맛있는 음식 한번 대접해 드리지 못하고 마지막 가시는 길에 이 딸의 뜨거운 눈물이나 흥건히 적셔드렸으면 어머니 영혼은 가벼이 천국으로 훌훌 떠나가셨을 텐데…….

열 손가락 깨물어 아프지 않은 것이 없다고 하지만, 유독 나는 어머니께 더 아픈 자식이었을 거라 생각해요.

어머니가 지금껏 살아 계셨으면 고상한 한복 한 벌에 노오란 황금반지 굵직하게 어머니 손에 끼워드리고, 어머니가 평생 아끼느라 장롱 속에 깊이 넣어두셨던 연두색 지갑 속에 두둑이 용돈 넣어드리고 어머니 팔짱 끼고 시장을 두루 돌아다니며 장바구니 가득히 사시고 싶으신 것 담으시고, 시장 나들이 함께 하면 얼마나 좋았을까요.

큰올케가 저희 집에 와서 식사하는 모습이 어머니를 닮아 저는 슬며시 부엌으로 나와 홀로 눈물을 찍어냈습니다.

언제나 맛있는 음식은 자식들 다 주시고 나머지 국물만 훌훌 불어 마시던 어머니 그 모습, 밥숟가락 성큼성큼 떠 넣으시는 큰올케 모습에서 나는 어머니를 느꼈습니다. 시어머니와 며느리는 닮는다고 하는 말이 헛말은 아닌 것 같습니다.

마냥 그리운 내 어머니!

이제 제 딸아이도 스무 살을 훨씬 넘겼습니다. 가끔은 제게 야단을 심히 맞기도 하구요.

정말 눈에 넣어도 아프지 않은 아이입니다.

어머니, 제가 사춘기 어린 날 가끔은 구석진 곳으로 데려가서 제 머리를 쥐어박던 어머니 그 손짓도 이제는 그립습니다.

지금 생각하니, 이미니께 서는 마치 혹 같은 존재였던 것 같습니다. 스물 살 전에 6.25 사변으로 인해 홀로되신 나의 어머니, 그 꽃 같은 나이에 홀로되시어 혹 덩어리 하나 안으시고 아까운 청춘을 보내신 것을 생각하면, 지금의 내 풍족한 살림살이가 가슴이 쓰리도록 어머니께 죄스럽습니다.

어머니, 오늘은 가을을 재촉하는 비가 하염없이 내리는 날입니다. 바쁜 일상 중에 이런 날은 왜 그런지 못 견디게 어머니가 생각납니다.

어머니 품을 떠나 객지에 있을 때처럼 어머니와 함께 살던 그 집이 그립고, 비에 휩싸여 흐르는 듯한 어머니 향기가 자꾸만 그리움으로 스며옴을 느낍니다.

남들은 친정 나들이도 하고, 이모도 오고, 아이들도 방학 때 외갓댁에 다녀오건만 우리 아이들은 그런 풍요로움을 맛보지 못합니다.

어머니, 우리 아이들은 가끔씩 형제들끼리 싸움질을 하곤 해요. 저는 외로웠던 어린 날을 생각하며 저희들끼리 싸우는 것도 흐뭇하고 대견하기만 합니다.

어머니, 저는 가끔씩 이런 생각을 합니다.

재혼하신 아버지와 합장으로 묘지를 모셨을 때 말입니다.

그때 제 마음이 얼마나 편했는지 모릅니다.

그 찬 땅속에 두 개의 관을 나란히 묻어드렸을 때, 정말 눈앞이 흐리도록 감격했어요.

어머니의 진짜 부부 인연은 지금의 아버지, 그분이셨나 봅니다. 두 분 사이에 아들을 네 명이나 두셨으니 말입니다.

어머니, 저는 그런 생각을 하니 점점 더 외롭기만 합니다.

메마른 가을 들판에 혼자 서 있는 기분입니다.

어머니, 처음으로 어머니께 긴긴 편지를 썼습니다.

아직도 제 가슴속엔 더 많은 이야기를 드리고 싶어요. 그것은 편지가 아니라, 한 권의 책으로 쓰고 싶습니다.

어머니, 어머니가 못 견디게 그리운 날 또 편지를 쓰겠습니다.

길

어린 시절부터 우리 집은 마을 입구에서 맨 앞줄에 있었다. 막힘없이 탁 트인 대청마루에 서서, 사계절의 풍경은 잊혀지지 않는 아름다운 기억으로 남아 있다.

이른 아침, 눈부신 햇빛 속으로 뽀얀 먼지를 일으키며 서서히 높이 올라, 날아가는 비행기는 한 마리 커다란 독수리처럼 날개를 좌우로 흔들며 까마득히 높은 허공으로 사라진다. 따라갈 수 없을 것 같은 멀고 먼 미지의 세계로 자취를 감추었다.

학교로 가는 길은 자동차가 다니는 큰 도로를 건너 푸른 채소밭을 지나 넓은 개천이 흘렀다. 동글동글하고 납작한 네모 세모난 돌들이 유리 속처럼 맑게 들여다보이는 시냇물을 건너 다시 논밭을 지나가면, 그곳엔 또 다른 마을이 있고 큰 할아버지 댁이 있었다. 그렇게 이어지는 마을은 끝이 없을 것이라고 생각했었다.

나이가 많이 먹어도 잊힐 수 없는 기억은 초등학교를 다니면서 눈으로 본 기억과 어른이 되면 무엇을 해보겠다는 생각의 습관들은 어른이 되어서도 크게 변함이 없다.

생의 전환점으로 골목 안으로 들어온 지가 여러 해가 지나갔다. 키 자랑이라도 하듯 고만고만한 건물이 길을 막고 서 있는 골목 사이에서 월세를 사는 사람들의 이야기는 서민경제의 불투명한 미래를 걱정한다.

사소한 물건을 사러 다닐 때도 답답한 공간을 탈출하는 기분으로 골목을 빠져나와 큰 상점으로 간다. 작은 절약이라도 실천해 보겠다는 결심으로 묵직한 장바구니 들고 걸어서 오다가 보면 털썩 주저앉고 싶도록 절망감이 엄습한다.

크고 작은 자동차가 질주하는 사차선 길 건너 신호등에 파란불을 기다린다.

아직 내가 오르지 못한 길. 미지의 그 길은 곧 희망의 시작이다.

제3부

솔이 엄마

솔이 엄마의 눈길은 두 마리 개에게 쏠려 산 경치는 보이지도 않는
모양이다. 개를 귀하게 여기는 솔이 엄마의 마음은 보통 사람과 다르
다.

첫 사랑

우연한 기회에 내가 다녔던 국민학교를 찾아보게 되었다. (나는 우리가 살았던 시대 그대로 '국민학교'로 부르고 싶다.)

학교는 옛 모습 그대로이지만 조금은 현대식 건물로 개조가 되어 있었다. 교실 앞 화단엔 예쁜 꽃 대신 잔잔한 잡풀들이 정겹다.

보송보송한 솜처럼 하늘거리는 민들레 홀씨를 후~~하고 불어보니 간지러운 듯 허공을 향해 비실비실 날아간다. 마치 뿔뿔이 헤어진 우리들 옛 모습처럼…….

코끝이 시큰해져서 '민들레 홀씨 되어'라는 노래를 한 구절 나직이 불러보며 눈시울을 적셨다. 재래식으로 깊고 넓었던 냄새가 지독했으며 귀신이 나온다고 무서워했던 화장실……, 천천히 돌아보며 추억 속에 빠져들었다.

내가 이 학교로 전학 온 것은 5학년 겨울방학 때였다. 반 아이들 중에 자꾸만 눈이 가는 아이가 있었다. 장난이 심한 여느

애들과는 다르게 말이 없고, 그러면서도 반듯한 사내다운 외모, 씩씩함이 어쩌다 마주칠 땐 그 빛나던 예쁜 눈을 황급히 다른 곳으로 돌리며 얼굴이 빨개져서 어쩔 줄 몰라 했다. 그 애는 말이 없고 언제나 단정한 모습이었고, 공부도 상위권 안에 드는 몇 명의 아이들 중에 한 명이었다.

6학년을 그렇게 보낸 후 몇 아이들은 중학교로 진학했다. 그 아이도 다른 군 소재지 중학교로 가고 말았다.

중학생이 되면서부터 그 애가 생각나고 보고 싶어졌다. 어느 때는 속이 메스껍도록 그리워졌다. 어찌어찌 그 애가 다니는 학교의 소식을 듣게 되었다.

그렇게 지내던 어느 날 뜻밖의 그 애 편지를 받게 되었다. 남자다운 멋진 글씨체였다. 떨리는 마음을 가다듬으며 뜯어본 두 장의 글 속엔 자신도 내가 너무 보고 싶었으며 친구들 소식을 묻는 그런 내용이 있다. 맨 마지막 단어 한 구절엔 그만 얼굴이 빨개졌다. 누가 엿보지나 않을까? 두려웠다. 영원히 잊혀지지 않는 단어 '

I LOVE YOU.'

나는 그 편지를 날긋날긋 해지도록 책갈피에 넣고 다니면서 보고 또 보았다. 그때부터 우리들의 초록색 우정보다 더 달콤한 분홍빛 편지가 오고 갔다. 7년이란 긴 세월 동안 2,3일 간격으로 편지를 주고받았다.

내가 스물두 살이 되어서야 겨우 경제적 능력이 생겼다. 드디어 그 친구들 만나볼 기회가 생겼다. 그 사이 그 친구는 군 복무 중이었다. 하루는 내가 일하는 직장 근처로 그가 찾아오게 되었다. 당시 최고의 만남 장소가 제과점이었다. 어색한 분위기로 저녁 무렵까지 앉아있었다. 중국집으로 자리를 옮겨 저녁 식사를 시켰다. 그때 제일 비싼 식사인 잡채밥을 시켜놓고 우리는 너무 어색하다 못해 저녁 식사를 하는 둥 마는 둥 무슨 말을 했는지 자꾸만 얼굴이 달아오르고 진땀이 났다.

그래도 그는 벌써 군인이라, 당당하고 말소리로 또렷또렷했다. 어릴 때 모습이 많이 남아 있는 걸 느꼈다.

중국집을 나와 밤길을 걸었다. 그 당시는 요즘처럼 불빛도 환한 거리가 없었다.

시간이 어찌나 빨리 흘렀는지 어쩔 수 없이 여관까지 바래다주게 되었다. 밖에서 인사를 하려니 갑자기 그가 내 손을 꽉 잡았다. 순간 나는 너무 무섭고 떨려서 어떻게 소리를 질렀는지 한참이나 뛰어서 집으로 오고 말았다.

밤새 두근거리는 가슴으로 아침이 되고 말았다. 지금 생각하면 참 안타까운 밤이었다. 그처럼 오랜 날 그리워하고 생각했는데 막상 왜 그랬는지 모르겠다.

다음날 아침 밤새 중병을 앓은 사람처럼 휘청거리는 걸음으로 그를 배웅하러 버스 타는 곳까지 찾아갔을 때, 겨울 날씨는 싸늘했지만 그 며칠 전부터 내린 눈 위로 맑은 햇빛이 더욱 눈부시게 빛나는 아침이었다.

우리는 아무 말 없이 서로를 쳐다보면서 끝내 말 한마디 못했다.

너무나 미안한 생각뿐이었다. 버스에 오르려는 순간 그는 내 손을 꼬옥 잡았다. 나는 눈앞에 아무것도 보이지 않았다. 내가 겨우 눈물을 쏟아내고 앞을 보니 버스는 저만치 가고 그가 문에 매달려 손을 흔들었다. 그게 칠년 만에 처음 만난 첫사랑이었다.

나는 그에 대한 마음 한구석은 그대로이지만 현실에서 여러 만남을 갖게 되는 사회인이다 보니 그에 대한 생각이 점차 엷어졌다.

군 복무 중인 그와 만난다는 것은 어쩌다 있는 일이었다. 내가 남자와 영화를 본 것도 처음이었다. 휴일이 되면 내가 일하고 있는 가게 맞은편 골목 전신주에 하염없이 기대어 나를 기다리는 모습이 너무나 어리고 나약해 보였다.

나는 그 무렵 다른 지방으로 직장을 옮기게 되었다. 우리는 2년여의 시간 동안 소식도 모르고 지내던 중 낮 12시 방송되는 '희망의 꽃다발' 라디오 방송 시간에 나에게 소식을 전하는 그의 이름을 들을 수가 있었다. 나는 또다시 가슴이 뛰고 그가 보고 싶어졌다. 아무 생각도 없이 보고 싶은 마음 하나만으로 다시 편지를 보냈다. 몇 달이 지났을까 내가 일하는 곳에 아주 멋진 차림의 남자가 성큼 들어섰다. 너무나 놀란 나머지 그만 의자에 주저앉고 말았다. 하늘색 정장을 말끔히 차려 입은 반듯한 청년 한 사람이 빙긋이 웃으며 나를 보는 것이 아닌가?

"많이 변했군요."

그가 말했다.

그때 나는 사회생활이 많이 익숙해져서 제법 멋쟁이가 되어 있었다. 이미 어린 날의 우리들의 모습이 아니었다. 가까운 찻집으로 나오라고 했지만 끝내 가지 않았다. 그 즈음 나는 지금의 남편과 조금 아는 사이였으므로 그를 만나야 되나 말아야 되나 망설이다 그만 나가지 않고 말았다. 찻집에서 다시 전화가 걸려왔다. 막차로 떠나가는 그 모습을 눈물 삼키며 먼 빛으로 보고 말았다. 그는 또 전화해서 휴일을 물었다. 어디에서 기다리겠노라고……, 나는 그 약속도 지키지 않았다. 얼마 후 예전에 보낸 내 사진과 함께 눈물로 쓴 긴긴 편지를 보내왔다. 나를 너무나 사랑한다고 다시 만나보고 이야기하고 싶다는 글이었다.

몇 년 후 나는 결혼을 했다. 그 뒤 10년이 되던 어느 해 어머님께서 운명하셨다. 장례식 전날 친정집에 머물렀던 밤 큰 동생이 눈물을 글썽이며 엄마가 살아 계실 때 누나 것이라고 소중히 간직해 둔 것이라면서 라면 상자를 갖다 주었다. 내 어머니는 어린 날 그가 내게 보내왔던 편지와 내가 그를 사랑하며 시를 쓰고 그림을 그리고 색칠을 해서 한권의 책으로 만들어 놓았던 것을 어려운 살림에 이사를 자주 하시면서도 잘 간직해 두셨던 것이다. 아무렇게나 내팽개치고 온 딸의 첫사랑 사연이 담긴 편지 한 장도 버리지 않으시고 고이 간직해 주신 어머니의 사랑에 뜨거운 감사의 눈물이 흘렀다. 나는 누가 볼까 부끄러운 생각에 마당가에 피워놓은 불더미 속에 한 장 한 장 태워버렸다. 너무나 귀중한 추억을 불꽃과 함께 날려 버리고 말았다. 세월이 흘러 나이가 들수록 그때 태워버린 편지들이 너무나 아쉬운 생각이 들었다. 다시 읽고 싶은 간절한 그리움이 되기도 한다.

초등학교 동창회에서도 그의 소식을 아는 사람이 아무도 없었다. 토요일 늦은 오후의 교정은 마치 고향집 뜰 앞에 서 있는 듯, 그 시절 반 아이들이 함께 있는 듯, 정겨움이 가득하다. 여섯 개의 교실 창문 앞마당 작은 화단엔 자연스러운 들풀들이 오밀조밀 돋아나서 꽃보다 더 앙증맞고 귀여운 모양새였다. 풀잎 하나하나 쓰다듬어 주고 싶었다. 잔잔한 눈웃음으로 그 풀잎 들꽃 하나하나에 입맞춤을 해 주었다. 나는 그 작은 화단에 풋풋하게 자라난 네 잎 클로버에 정신이 팔려 행운의 잎을 찾아보았다. 책갈피에 끼워 곱게 말려 초록별 첫사랑 너에게 다시 한 번 수줍음 가득한 분홍빛 편지 한 장 보내고 싶은 마음이다.

그날 나는 끝내 그곳에서 네 잎 클로버를 찾지 못한 아쉬운 마음으로 들풀이 드문드문 자라나서 폐허가 된 듯한 쓸쓸하기만 한 학교 운동장을 한 바퀴 돌아보며 그곳을 떠나오고 말았다.

내 첫사랑은 그렇게 내 가슴속 저 먼 곳으로 꼭꼭 다져져서
하늘이 유난히 맑고 푸른 날이나
봄날 꽃봉오리가 돋아날 때나
시도 때도 없이 아릿아릿 가슴을 울먹이게 한다.

삶의 그릇

　사람은 살면서 어떤 형태의 사랑이든 사랑 하나만 제대로 실천하면서 살아간다면 많은 재산을 가진 사람 못지않게 그 삶이 풍요로울 것 같은 생각이 든다.

　여기 짧은 글을 통해 잔잔한 사랑으로 아름다워 보이는 어떤 여선생님 한 분을 이야기하고 싶다. 그분은 나를 만나면 처음 인사가 우선 어깨를 꼬옥 감싸 안아주고, 아무개 어머니 사랑해요 하면서 토닥토닥 등을 두드려 준다.

　그 모습은 마치 우는 어린아이를 달래듯이 넉넉하고 푸근한 느낌이다. 내 나이보다 이십 년 이상 어린 사람에게 사랑을 받고 있는 그 느낌이 어색하기도 하지만 늘 감사하다. 내가 처음 선생님을 만난 때는 내 나이 마흔을 갓 넘었을 때이고, 선생님은 대학 2학년 영어교육과 학생이었다. 어느 분 소개로 우리 아이들의 영어 선생님으로 오시게 되었다. 수수한 차림의 여대생은 삶에 무게가 느껴질 만큼 점잖고 넉넉한 미소를 얼굴 가득히 담고 있었다.

나는 잘 부탁한다고 말하고 아이들을 인사시켰다. 그때 선생님이 세 아이를 차례로 꼭 안아 등을 토닥여 주는 모습이 너무나 믿음직스럽게 느껴졌다. 그 후로 몇 번씩 와도 공부는 뒷전이고 우선 진지하게 기도를 해 주시고 아이들 손을 꼭 잡고 이야기하고 아이들의 이야기를 다 들어주는 듯했다. 나는 속으로 조바심이 났다. 공부가 급한 시기에 공부는 뒷전이고 이런저런 이야기만 해 주시니 걱정이었다. 얼마쯤 지나 낯이 익으니까 내게도 자꾸 말을 시켜 나 스스로 감추고 싶은 부분까지도 말하게 하는 넉넉한 마음을 가진 분이었다. 이야기를 다 듣고 나면 내 손을 잡고 기도를 진지하게 해주었다. 기도가 끝나면 나를 꼬옥 안아 등을 다독다독해주기도 했다. 그렇게 기도해주는 그 가슴에 안겨보면 나이 어린 처녀의 가슴이라기보다는 마치 손위 언니의 가슴처럼 넉넉하고 푸근하게 느껴지는 것이 싫지 않았다. 그럴 때마다 나는 얼굴이 화끈거리며 쑥스러워지곤 했다. 나중엔 그녀가 부담스럽다는 생각이 들기도 했다. 어떤 날은 우리 아이가 헐레벌떡 뛰어 들어오면서 말했다.

"엄마 영어 선생님 참 이상해요. 시내버스 속에서 만났는데요, 무슨 생각에 잠기셨는지 인사를 해도 모르고 내려야 할 장소를 지나쳐 벌떡 일어나 내려야 한다고 큰소리로 말하면서 좀 멍해 보였어요."

라고 이야기를 했다.

선생님은 안경을 쓰고도 실눈을 뜨고 사람을 보는 표정이 늘 깊은 생각에 잠긴 듯 보였다. 아무튼 우리 아이들은 기도하는 좋은 버릇을 선생님께 배웠다.

그렇게 학교를 졸업하시고 발령을 받고 정식 교사로 나가셨다. 벌써 이십 년이나 지난 일이다. 어쩌다 방학 때가 되면 내가 경영하는 곳에 고객으로 들리곤 한다. 한동안 소식이 뚝 끊겼다. 그러다 꽤나 오랜만에 어떤 남자분과 팔짱을 다정히 끼고 들어오셨다. 한눈에 보기에도 그 남자 분은 허공을 보는 눈빛이었다. 앞을 보지 못하는 사람이었다. 선생님은 늦은 나이에 사랑하는 사람의 평생 지팡이가 되신 것이다.

진정한 사랑을 실천하고 있는 선생님은 스무 살 처녀 때의 모습과 조금도 변함없이 신선하고 포근했다.

"선생님 너무나 잘 어울리는 모습입니다."

나는 진심으로 머리 숙여 존경의 인사를 드렸다. 좀 더 좋은 신랑감을 만나셨으면 하는 아쉬운 마음에 어떤 날 선생님께 안부 전화를 드렸다.

"어머니도 아름다운 눈으로 세상을 보시죠? 이 분도 어머니처럼 아름다운 눈을 가진 분입니다."

그때 그 선생님 하신 말씀에 나는 또 하나의 사랑을 배웠다.

오래전 우리 가게의 고객이었던 어떤 여자 분의 말씀이 떠올랐다.

"우리 남편은 눈이 너무 나빠서 렌즈를 착용하고도 또 안경을 써요. 안경을 벗고는 아무것도 찾을 수가 없어서 한시라도 내가 없으면 안 돼요. 나는 우리 남편에게 있어 꼭 필요한 사람이라서 행복해요."

그 여자 손님의 얼굴에 가득 넘치던 미소가 부럽게 느껴진 적도 있다.

내 생활이 괴로울 때마다 생각한다. 나 없으면 안 되는 그런 사람과 일상을 함께 산다면, 내 사랑을 고마워할 줄 아는 그런 사람과 함께 살면 보람되고 가치 있는 삶이 될 것 같다.

나는 살면서 남의 모양 좋은 삶의 그릇을 보면 마음속으로나 사는 모습에서 벗어나려고 많은 애를 썼다. 아무리 그래도 나는 내 모양일 수밖에 없다.

내가 어렸을 적에 나의 외할머님은 깨져서 버려야만 될 옹기 독에 시멘트 가루에 목화솜을 넣어 적당하게 반죽을 한 다음 금이 간 부분에 단단히 붙여서 뒤뜰 처마 밑에 소금을 담아두고 쓰셨다. 깨진 옹기 독을 수리하던 할머니의 모습은 의사가 환자의 상처에 약을 발라 붕대를 감아주듯이 진지하셨다. 단단하게 굳어질 때까지 충격을 주지 않고 금간 지리가 단단하게 맞붙은 후에야 비로소 항아리에 물건을 담아 두셨다. 덧댄 자리가 보기엔 곱지 않지만 외할머니가 돌아가시고 난 후에도 외갓집 뒤뜰에는 십여 년이 넘도록 버려지지 않고 쓰이고 있었다. 어떤 사람에겐 몹쓸 사람이라고 손가락질을 받는 사람도 또 다른 사람에겐 없어서는 안 될 소중한 사람일 것이다. 그릇이나 사람이나 본 모습은 정갈하고 아름다웠지만 사용하고 사는 동안 흠집이 생기기 마련이다.

눈을 감고, 잠시 아기였을 때 사랑받고 행복했던 모습을 상상해 본다.

선배님

"영순이 자네가 왔나 하고 살펴봐도 올해도 안 보여서 정말 서운했어……, 내가 자네 글 잘 읽어봤어. 언제나 자네 수필은 잔잔하고 좋아! 그래, 요즘 어찌 지내나? 내가 자네만 생각하면 마음이 아파, 내가 밥 한 번 사줄게."

맏형님 같은 대선배님의 따뜻한 안부전화에 참았던 외로움이 울컥 울컥 몸 밖으로 새어 나와 눈물이 끊임없이 흐른다.

단체의 신입회원으로 들어가서 내 자리를 찾지 못하고 어색해 할 때마다 d 선배님은 옆자리로 오라고 반겨주셨다. 문학의 선배님이라기보다 시댁의 맏형님처럼 은근한 눈짓으로 내 안부를 물으셨다. 종가의 맏며느리로 손아래 동서들을 다루어본 선배님은 외톨이처럼 사람들과 잘 어울리지 못하는 나를 언제나 다정하게 가까이 오라고 불러주셨다.

나는 한 가지 직종에만 몰입하다 늦은 나이에 또 다른 공부를 시작하면서 그 둘레의 사람들과 원만하게 어울리지 못했다.

삼 형제의 막내며느리인 나는 친정어머니보다 더 나이가 많으신 맏형님을 형님이라고 불러드리지 못했다.

아이들이 태어나면서 '큰엄마, 작은 큰엄마'라고 부르며 철없이 예의를 지키지 못했다. 맞벌이하는 사람이 드물던 시절에, 직장 일이 바빠 명절이나 조상의 제사에 뒤늦게 나타나는 손아래 동서인 나에게 둘째 형님은 때마다 못마땅한 표정을 드러냈다. 내 아이들을 귀하게 생각해 주시고 시어머니 같으셨던 맏형님이 세상을 떠나신 후 형제간의 왕래는 뜸해졌다.

생각해보면 나는 늘 외로웠다.

전쟁 미망이셨던 어머니를 따라 외가에서 유년시절을 보낼 때, 몇 살 위인 삼촌과 이모는 진학 공부에 여념이 없어 나와 놀아 줄 수 없었다. 마을에서도 같은 학년이 없었다. 방과 후에는 언제나 혼자 도랑에서 신발을 닦고, 방 걸레를 빨고, 시커멓게 그을린 호야를 말끔히 닦아서 호롱과 사기 등잔에 심지와 기름 넣는 것이 유일한 소꿉놀이였다.

사춘기 시절엔 학교를 다니면서도 내가 먹고 살 것은 내가 벌어야 된다는 생각으로 스물 살도 넘기 전에 직업을 택했다. 그 후로는 열심히 한 가지 일에만 전념하며 살았다. 나이 들면서 자영업의 경제력은 더욱 빠듯해졌다. 아쉽지만 젊은 시절 만났던 사람들 대다수와 소통을 줄이고 살 수밖에 없었다. 가끔이라도 친구들과 어울리려면 시간이 필요하다. 시간은 곧 경제일 수밖에 없기 때문이다.

어느 유명한 강사가 자기 나이보다 젊게 사는 비결은 자신 보다 더 잘 살고, 더 많이 아는 사람, 더 젊은 사람들과 어울리는 것이라고 말했다.

생각해보면, 나는 형편없이 가난하고, 아는 것도 없고, 나이도 많기 때문에 사람들과 어울린다는 것이 자꾸 어색해진다. 지금보다 더 소득이 없을 노후를 준비하기 위해 나는 더 열심히 일하며 홀로서기를 준비해야 한다.

선배님이 늘 하시는 이야기 중에 한 번쯤 생각해 봐야 할 이야기가 있다.

"남들은 내 글을 신변잡기라고 흉보는 사람들도 있지만 내가 죽으면 내 글을 누가 읽어 줄 거야? 내 가족이나 봐주겠지, 우리 가족의 역사가 고스란히 기록되어 있기 때문이야."

선배님은 대가족이 함께 살아 힘들었던, 정원이 아름다운 정든 단독 주택을 정리하고, 성당이 가까운 아파트에서 기도와 성경 쓰기, 산책을 하는 평온한 하루하루가 꿈만 같다고 하신다.

새로 출판한 선배님의 수필집에는 가족으로 인해 힘들었던 시간을 인내하고 살았던 세월과, 다시 그 가족으로 인해 행복한 노후의 일상을 감동적인 문체로 풀어낸 이야기들로 가득할 것이다. 오래된 난로에서 뿜어내는 열기처럼 읽는 사람의 가슴을 따뜻하게 데워 줄 것이다.

자영업

십 년 만에 폭염이라는 올여름 더위는 끈질기게 이어졌다. 막바지에 이른 더위는 더욱 기승을 부리며 진땀을 흘리게 했다. 하늘이 한결 높아지더니, 가로수는 어느새 아스팔트 위에 그림자로 길게 누워 헤실거린다.

구름 한 점 없는 맑은 하늘이건만 내일부터는 우리나라 전 지역에 태풍 송다(강의 기류)가 지나갈 것을 대비해 안전 주위가 내려졌다.

오늘 아침 라디오방송 경제초점 뉴스는 1퍼센트의 세금 감면을 보도하며 한국경제위원인 모 씨를 초청하여 열띤 토론이 이어진다. 약간의 경제 위기에서 벗어난다고 해도 소규모 자영업자들은 수년 전부터 불경기로 금융기관으로부터 빌려 쓴 채무 상환을 하다 보면 좀처럼 불황에서 벗어나기 힘들다고 한다.

소규모의 사업장을 삼십 년 넘게 경영해 온 나 역시 근래 들어서는 수입이 지출을 넘지 못한다. 잘 된다던 사업도 오래 지속되지 못하는 곳이 대부분이다. 돈을 벌었다는 말은 별로 없고 부도가 났다는 소문만 나돈다.

며칠 전 오랜 친구인 지영의 목소리를 생각하면 사람 노릇을 못한 것이 부끄럽다. 그때 수화기 속에서 들려오던 지영의 목소리는 나직하면서도 다급하게 들렸다.

"나야, 너 돈 있으면 이백만 원만 빨리 보내줘라. 지금 너무 급해서 그래. 오늘이 마감이라서."

꼭 보내줘야 된다는 깅력한 힘이 느껴졌다. 나는 혼자 고민하여 단호하게 결론을 내렸다. 이럴 땐 냉정해야만 된다. 내 형편도 넉넉지 않아서 수개월째 밀려온 지출을 몇 개의 카드로 돌려가며 지난달을 마무리했었다. 갑자기 다급해 하는 지영의 전화에 머리가 띵하도록 신경이 쓰인다. 남의 돈을 빌려서라도 보내주었어야 했었다. 두 달 전에도 같은 부탁을 했다. 돈을 보내 줄 수 없는 변명을 늘어놓은 내 꼴이 혼자 있어도 미안하다. 내 진심을 믿어 주겠지, 라고 생각해 본다. 내가 지영의 얼굴을 본 지도 십 년이나 된다. 간간이 전화로 서로의 소식을 알고 지냈다. 남편의 사업이 원만하지 못하다는 이야기를 언 듯 들은 적이 있었다. 얼마나 다급했으면 오랫동안 만나보지도 못한 옛 친구에게 아쉬운 부탁을 했을까, 잘 해결되었느냐고 묻고 싶지만 도움이 되지 못한 미안함 때문에 안부 전화지만 걸기가 서먹해졌다.

나는 가끔 어떻게 살 것인가? 두려울 때가 있다.

피로한 몸으로 저녁 잠자리에 누워도 쉽게 잠이 오지 않는다. 이런저런 생각에 잠을 설치고 새벽녘이 되어서야 깊은 잠이 들어 늦잠을 잔다. 절박한 마음에 기도를 한다. 머릿속에 떠오르는 수많은 생각 때문에 가슴만 답답하고 어떤 묘안도 떠오르지 않는다.

최근 며칠째 그렇게 멍한 시간을 보냈다. 이번 달 날짜는 어느덧 중순을 훌쩍 넘어가고 있다. 꼭 해야 할 지출을 아무것도 해결하지 못했다. 시계는 오늘도 오후 두 시를 넘은 지점에서 작은 떨림으로 가고 있다. 왼팔의 통증은 요즘 들어 더욱 심해지면서 손가락이 저려오기도 한다.

"열심히 치료하지 않으시면 나중에 치료가 더욱 어려워지십니다."

단골이 되어 드나들던 물리치료실 선생님의 충고가 자꾸만 떠오른다. 요즈음은 잇몸까지 들먹이며 예리한 통증으로 내 신경을 자극한다. 며칠 전 수입과 지출 장부를 정리를 하던 큰아이의 열띤 음성이 되살아 들려온다.

"이 부분은 좀 아쉬워도 포기하시고 지출을 줄이세요. 우린 아직 길이 있어요."

지금의 생활을 더 줄이고 산다면 하루 세 끼 밥만 먹고살아야 한다. 차라리 죽는 것이 더 나을 것 같다는 생각이 든다.

지난해에도 여러 달 동안 통장은 매월 말일을 지나고 나면 남아있는 잔액이 없다. 그때 통장에서 빠져나가지 못한 밀린 연금 고지서가 연체 통지서로 날아왔다. 생각하지도 않았던 부분이었다. 확인을 해보려고 연금 고지서에 인쇄된 안내번호로 전화를 걸었다. 담당 부서 여자 직원은 친절한 나머지 장황한 설명을 했지만 한참만에야 의사소통이 됐다. 나는 격양된 음성으로 상대방이 쉽게 알아들을 수 있도록 또박또박 말해 달라고 했다.

늘 최소한의 액수로 정리된 통장을 생각하면 공연히 짜증이 난다. 며칠이 지난 다음 섬쩍고 경륜이 있어 보이는 남자로부터 내 이름을 확인하는 전화가 왔다.

"며칠 전 서울 연금공단에 항의성 전화를 하셨죠?"

"제가 한 문의전화가 항의성 전화였나요?"

"불편한 일이 있으시면 도와드리겠습니다. 그와 비슷한 전화가 많이 걸려옵니다."

"나처럼 연금 연체를 하고도 화를 내는 사람이 또 있나요?"

"요즈음엔 모두가 살기 힘든 세상이라서 그런지 자동이체가 잘 안 되는 사람들이 꽤 있습니다."

개인 정보가 가만히 앉아서도 훤히 알려지는 세상이다.

요즈음 불황을 역이용해서 돈을 번다는 사업체도 있다. 투자를 많이 하고도 남아있는 자본이 넉넉해야만 견딜 수 있다. 고객은 작은 금액의 지출이라도 규모가 큰 사업장으로 몰려든다. 오랜 기간 꾸준한 신뢰를 쌓아온 내 사업장도 고객의 수가 눈에 띌 만하게 줄어들었다. 같은 업종이 부지기수로 늘어났기 때문이다. 매월 말일이 되면 막힌 하수구를 뚫는 기분으로 힘겹게 그달의 지출을 해결하고 다음날로 넘어간다. 잡다한 지출을 정리하고 나면 마음이 허허롭기도 하고 울고 싶은 마음이 든다. 가까운 주변 사람들에게 이리저리 궁색한 부탁을 했던 것을 생각하면 자존심이 상한다. 긴 숨을 내쉬고 커피의 쓴맛을 배로 더해 마시기도 한다. 한숨 푹~ 자고 싶은 피로감이 밀려온다.

요즘처럼 울적한 날엔, 가까운 이웃에 살던 어떤 죽음을 생각하게 된다. 고액의 빚은 아니었지만 더 이상 회전할 수 없는 상황에서 자살을 택한 것으로 추측된다.

심각한 고통에 빠진 여인은 언제부터인가 술에 취해 붉어진 얼굴로 동네를 돌아다닐 때도 있었다. 몇 달 후 온 동네가 어수선하게 들리는 소문에 의하면, 보험금을 타내기 위해 달리는 시내버스에 뛰어들어 스스로 죽음을 선택했다고 한다. 더 안타까운 것은 경찰이 사고 현장 검증을 해 본 결과, 자살을 하려고 달리는 차로 뛰어들어 낸 사고이기 때문에, 보상금은 장례식 비용만 전달되었다. 여인이 죽고 나자 돈을 빌려 주었던 사람들이 남편에게 돈을 돌려 달라고 아우성을 쳤다. 죽은 여인의 남편이 돈 받는 것을 본 일이 없으니 모르는 일이라고 단호하게 거절했다. 남은 가족들은 죽은 여인이 혼자 잘못한 일이라고 아무도 여인을 변론해 주지 않았다. 여인은 죽음으로서 온 가족이 함께 져야 할 짐을 혼자 감당해냈다. 세월이 흘렀건만 잊혀지지 않는 기억으로 남아있다.

　최근 들어 자살하는 사람이 많아졌다. 자살은 지금보다 더 아래로 내려다보지 못하고 자존심을 꺾지 못한 행위일지도 모른다. 삶을 포기하고 세상을 등진 사람들을 보면 열심히 노력하면 살아갈 수 있는 사람들이 대부분이었다. 오히려 죽어야 할 만큼 아무런 수입도 없고 어떤 일자리도 없는 사람들은 최소한의 삶을 아끼며, 어떤 일이라도 감사하며 열심히 일한다. 나 또한 견딜 수 없는 불경기임도 새 달로 넘어가는 첫날부터, 잘 될 것이라는 희망으로 이런저런 계획을 세운다.

여자

유난히 다부지게 보이는 사내는 난장판이 된 집안을 이리저리 돌아다니며 무엇인가 찾고 있는 듯 보인다. 그렇게 온 집안을 신발을 신은 채 서성거린 지가 이십여 분은 훨씬 넘었다. 드디어 무엇인가 찾아낸 듯 히죽히죽 웃는 모습이 보인다. 입김을 후후 불어 먼지를 털며 바지 뒷주머니에 꽂혀 있던 지갑을 꺼낸다. 소중한 무엇을 간직하듯 끼워 넣는다.

우리 집 삼층 베란다에서 내려다보면 바로 그 집 앞마당이 보인다. 나는 급하게 웃옷을 걸치고 사내가 되돌아가기 전에 뛰어 내려갔다.

"애기아빠, 오랜만이에요. 그동안 어떻게 된 거예요?"

전날 과음한 술기운이 아직도 남아서 푸석해 보이는 얼굴엔 쓸쓸한 표정이 눈물자국처럼 얼룩져 있었다. 사내는 눈길도 주지 않고 느릿한 목소리로 중얼거린다.

"이 집 팔았어요. 집을 산 사람이 우리 쓰던 것들 다 폐기 처리해 주기로 하고요. 헐값으로 팔았어요. 근데 깜빡 잊어버릴 뻔했어요. 애기엄마랑 작년인가 어린이 공원에 가서 찍은 거예요. 저 어제 월미도에서 왔어요. 사진 생각이 문득 떠올라서요."

가늘게 째진 눈 속에는 맑은 수정체가 가득 고여 있었다. 사내의 눈물은 눈 밖으로 흘러나오지 않는다. 인색하게도 눈 안에서만 머문다. 한 번도 눈물을 흘려 본 적이 없는 듯 사나워 보이는 작은 눈은 사내의 몰골은 더욱 초라해 보이게 한다.

"이거요."

사진을 내미는 손은 언제 씻었는지 얼룩진 자리가 그대로 남아 있다. 사진 속 여자는 평소처럼 무표정한 얼굴로 긴 생머리를 늘어뜨리고 아들의 어깨에 손을 얹어놓고 있다. 계집아이는 오빠의 손을 꼭 잡고 다른 한 손은 아버지 바짓가랑이를 잔뜩 움켜쥐고 있었다. 남자는 아내 쪽으로 어깨를 기대며 다정히 웃고 서있었다. 사진을 들여다보며 아이들의 얼굴을 쓰다듬어 먼지를 닦아내는 사내의 표정은 잠시 행복한 표정이 스쳐간다.

그리곤 이내 울음을 참는 표정이 된다.

"에구, 사진도 참 잘 나왔네. 그래 애들은 학교 잘 다니겠지요? 애기엄마 소식은 들었어요?"

"애들은요 섬에 사는 고모가 당분간 키워주기로 했어요. 애들 엄마는 그 뒤로 한 번도 못 만났어요."

더 이상의 말이 괴롭다는 듯 쓰디쓴 약이라도 먹은 표정으로 입을 다물고 고개를 깊이 숙여 목례를 한다.

"애기아빠, 몸 건강하고 열심히 돈 벌어요. 그리고 집 판돈은 가까운 친척이 잠시만 빌려 달라고 해도 주지 말아요. 땅이라도 사놓고 그 돈은 한 푼도 쓰지 말아요. 몇 년 동안 결심하고 노동이라도 해서 깨끗한 아파트 하나 장만해놓고 애들 엄마랑 함께 살아요. 좋은 소식 기다릴게요. 그리고 가끔 들러요."

남자는 뒤도 돌아보지 않고 고개만 숙인다.

"그래야죠."

혼잣말처럼 중얼거리며 비실비실 골목을 빠져나가버린다.

그 여자가 살던 집은 우리 집 뒷줄에 위치한 허름한 한옥이다.

이 동네는 이십 년 전부터 이럭저럭 새로 건축을 해서 모두가 상가로 변했지만 그 집 한 채 만은 앞뒤가 꽉 막혀 있다. 신축하기도 불편한 위치에 있어서인지 누가 집을 사려고 오는 사람도 없었다. 삼십 년 전 모습 그래도 남아 쥐들이 극성을 부리기도 한다. 화장실도 마당 한구석에 옛 모습 그대로 있고 방바닥이 주저앉아 울퉁불퉁한 위에다 석유 보일러를 설치하고 마루엔 무쇠 난로에 연탄을 피워 겨울을 지내기도 했다. 평수가 작고 허름한 집이지만 명절이나 방학 때가 되면 친척들이 많이 찾아왔다. 현관도 없는 마당에 신발이 수북하게 놓여있을 때도 있었다. 그 집에는 아흔 살 넘은 노 할머님이 계셨는데 등이 심하게 굽어 지팡이에 의지하며 문밖 출입이 불편했다. 장손 며느리인 여자는 하루도 빠짐없이 할머니의 팔을 부축하며 노인정을 모시고 다녔다.

우리 집이 이 동네로 25년 전 이사를 오면서 그 집 사람들은 내가 운영하는 가게에 고객이 되었다. 허름하고 비좁은 공간이지만 고모, 조카, 삼촌, 모두 한 집에서 활기가 넘쳤다. 세월이 흘러 그 집 사람들은 각자 결혼을 하고 그 집을 떠났다. 그 후 우리 집은 그 집 바로 앞줄로 상가를 신축해서 오게 되었다. 그 즈음에 사십 대 젊은 며느님은 기관지 천식으로 세상을 뜨고 남편마저 알코올 중독으로 죽고 말았었다. 그러면서 형제들도 왕래가 뜸해지고 노 할머니는 손자며느리가 수발을 했다.

장손인 남자는 아무 때나 술에 취해 비틀거렸고 얼굴은 늘 씻지 않은 사람처럼 푸석푸석했다. 남자는 막노동으로 살림을 꾸려나갔다. 때때로 부인에게 손찌검을 한다고 했다.

여자의 얼굴은 늘 무표정했다. 숱 많은 검은 생머리가 그 여자를 더욱 우울해 보이게 했다. 어쩌다 나와 마주칠 때면 고개를 가볍게 숙일 뿐이다. 벌써 오랫동안 이웃이었으니 나는 그 남자만 보면 진심으로 충고했다. 젊은 부부의 생활이 늘 걱정이 되었었다.

"애기아빠, 술 드시지 말고 부인에게 잘 해 주세요. 요즘 젊은 여자가 그렇게 사는 사람이 없어요. 그러다 이제 마누라 도망간다."

처음엔 조용히 말하다 도망간다는 말에선 톤이 높아진 음성

으로 눈을 흘겨주면

"원장님! 집 사람에게 잘해요. 걱정 마세요."

라고 너스레를 떨었다. 다시 한 번 다짐하듯 눈을 흘겨주면 남자는 이웃인 내 충고를 웃음으로 얼버무렸다.

며칠째 질척질척 비가 내리면서 싸늘한 날씨 때문인지 온몸이 으슬으슬 한기가 들어 이불을 더 끌어안고 잠을 청해본다. 창문이 훤히 밝아오는 느낌에 잠자리에서 벌떡 일어나니 어느새 맑은 아침 햇살이 방안 가득하다. 부엌문을 열어놓으면 바로 그 집이 내려다보인다.

사내아이가 타던 빨간 자전거, 자질구레한 화분들, 마당가에 여기저기 흩어진 낡은 살림들, 바람막이로 둘러놓은 비닐 천막을 밀치고 유치원을 다닐 것 같은 사내아이가 뛰어나오면 서너 살은 위로 보이는 누나가 뒤를 졸졸 따라다니며 동생을 돌보았다. 여자는 여전히 어두운 얼굴로 묵묵히 아이들을 따라다니며 보살피던 모습이 떠올라 코끝이 찡하다.

그 집과 이웃하고 살던 십여 년간 나는 그 부부를 보면서 많은 연민을 가졌다.

나 역시 예전이나 지금이나 현실에서 도망치고 싶은 생각은 변함은 없다.

그러나 언제나 내 발길을 막은 것은 아이들 문제였다.

"어머니 그동안 고생 많으셨어요. 이제 우리가 어머니께 잘
해 드릴게요."

하는 막연한 기대를 해보며,

"언제든 이혼을 해야지."

혼자 중얼거려본다.

"어느 며느리가 아버지 술주정을 받아주겠어요."

"염려 마라! 아버진 너희들에게 짐이 되게 하지 않을 거
야."

단호하게 말하고 또 후회를 한다. 이 남자를 누가 책임지든지
내가 왜 나서야 한단 말인가? 부모가 화합하지 못하는 가정의
어린 자녀들은 얼마나 불안정하게 성장했을까.

부부가 헤어지는 고통은 잠시다. 용기 있게 이혼하고 활기차
게 잘사는 사람들도 많다.

빈집에 여자가 아무도 모르게 다녀가면서 아이들 사진을 가
져갔다는 소리가 나돈다. 마음 약한 여자는 자신이 낳은 아이
들이 못 견디게 보고 싶을 것이다.

아직은 엄마가 돌봐 주어야 될 어린 남매를 두고 간 여자는
남편에게 폭행을 당하더라도 다시 돌아올 것이라는 생각을 해
본다.

여러 달 동안 비어있는 그 집에선 썩는 냄새가 진동했다.

미처 정리하지 못한 물건들이 부패하는 냄새였다. 여자가 자
신의 자리를 떠남으로 해서 소중했던 가정의 모든 살림 도구가

쓸모없는 폐품이 되고 말았다. 아무것도 없을 것 같은 허름한 집에선 두 트럭분이나 되는 물건들이 빠져나와 쓰레기로 처리되었다.

무질서하고 알코올에 찌든 남자에게 소중한 아이들을 버려두고 새 출발을 하려고 집을 나간 그 여자를 생각하면, 때와 장소를 가리지 못하고 솟아나는 눈물을 억제하지 못하고 나는 또 눈물을 흘린다.

솔이 엄마

겨울답지 않은 기온이 계속되면서 가까운 주변에서 눈 구경 한번 못하고 겨울이 다 가는 것이 아쉽기도 했다.

삼월에 접어들면서 갑자기 폭설로 쏟아지는 눈으로 인해, 곳곳에서 전해지는 피해 속보를 들으며, 가벼운 산행조차도 삼가하는 지루함이 계속 되었다. 봄눈은 언제 그랬느냐는 듯이 눈이 멈춘 다음날부터 햇살이 제법 따사롭다.

유리창 너머에 봄바람은 가슴속까지 비집고 들어와 술렁거렸다. 가까운 사람과 강변이라도 거닐고 싶어 안달이 나는 아침이다.

"솔이 엄마, 나하고 공지천 강변에 함께 걸어요."

"그래 너 웬일이냐? 내 금방 가마. 그런데 나 애들 다 데리고 간다, 그래도 되지?"

애들이란? 사람보다 더 대접을 받는 개들의 이름이다. 솔이 엄마가 애지중지하는 나리와 솔이는 가족이 된 지 십오 년이 넘었다. 솔이네 승용차 뒷좌석은 개들을 위해서 침대로 개조를 했다. 차가 달리는 동안 솔이와 나리가 창밖 풍경을 내다보게 하기 위함이다. 개 두 마리와 함께 간다는 것이 별로 달갑지는 않았지만 마음이 들뜬 나는 함께 가자고 했다.

"우리 고로쇠 물이 있는 산으로 가자."

강물을 보고 싶었던 나는 운전대를 잡은 사람의 말을 따를 수밖에 없다.

신호등 앞에, 차가 정지할 때마다 참으로 봐주기 힘든 장면이 연출되었다.

"자 엄마와 뽀뽀."

입술을 내민다. 나리는 징그러운 긴 혀를 삐죽 내밀어 솔이 엄마의 입술과 무아지경으로 뽀뽀를 한다.

나는 차에서 뛰어내리고 싶은 충동을 참아야 했다. 조금 전까지 들떴던 기분은 엉망이 되고 말았다. 온몸이 스멀스멀 벌레가 기어 다니는 느낌은 참을 수가 없다. 숨을 쉴 때마다 개털이 날려, 콧속으로 들어오는 불쾌한 느낌은 숨을 쉴 수가 없을 지경이었다. 한참 참았다가 긴 호흡을 하는 상황이 되고 말았다.

가벼운 산속 길을 산책하며 맑은 공기를 마신다는 기쁨도 사라졌다. 내 마음을 알아차린 솔이 엄마는 넌지시 내게 질문을 한다.

"넌, 왜 아픈 곳이 많으냐? 이해가 안 간다."

솔이 엄마는 올해로 칠십이 다 된 노인이다. 어디 하나 흐트러진 곳도 없다. 흰머리조차 보기 좋게 배열되어 염색도 하지 않은 자연색인 긴 머리를 알맞게 틀어 올려, 한국 여인의 멋을 지니고 있다.

얼마 전에는 백구두를 맞춘다고 서둘렀다. 갑자기 외출할 일이 생기면 꼭 입어야 하는 옷에 백색 구두를 신어야 어울린다고 한다. 아직도 솔이 엄마는 청춘인 것이다. 등산길로 올라가면서도 물기가 질척이는 땅에서는 나리를 등에 업고, 솔이는 가슴에 안고 기는 모습은 두 아기의 엄마처럼 느껴진다. 개들이 길을 오르다 실례를 하면 휴지를 들고 다니며 닦아 주기도 한다. 솔이 엄마의 눈길은 두 마리 개에게 쏠려 산 경치는 보이지도 않는 모양이다. 개를 귀하게 여기는 솔이 엄마의 마음은 보통 사람과 다르다. 시장과 은행에 갈 때도 특별한 디자인으로 띠를 만들어 업고 다녔다. 늦은 나이에 운전을 배워, 개들을 태우고 꽃구경, 눈 구경을 다니는 행복을 맛본다고 자랑이 대단하다. 사람들이 키우다가 길에다 버린 개, 주인에게 버림받아 돌아다니다가 자동차에 치여 다리를 다친 개들을 병원에서 치료를 하고 온갖 정성으로 사람보다도 더한 영양식을 먹인다.

"사람을 사랑해서 뭘 하니, 사람은 사람을 배반하지만 개는 절대 사람을 배반하지 않는다."

솔이 엄마가 입버릇처럼 하는 이야기 속엔 아픈 상처가 있다.

내가 솔이네를 처음 이웃으로 만났을 때 솔이 엄마는 멋을 아는 여인이었다. 독신으로 살면서 가정 형편이 어려워 학업을 중단한 청년을 대학까지 학비와 생활비를 보내주는 보통사람이 할 수 없는 선행을 했다. 고단한 일상에서도 개와 고양이 서너 마리씩 품에 안아야 잠이 온다고 했다. 솔이 엄마의 개 사랑은 독특했다. 그동안 솔이네 개들은 새끼를 갖지 못하도록 수술을 시켰다.

조혼을 했다는 솔이 엄마의 결혼생활은, 남편의 외도와 술로 인해 종지부를 찍었다고 한다. 한 점 혈육도 없이 노모를 모시는 효성 또한 지극하다. 노모에게 솔이와 나리는 외손녀인 셈이다. 별난 솔이 엄마의 생활은 지출이 적은 편이다. 늘 최소한으로 생활했기 때문에 솔이 엄마의 노후대책은 넉넉한 편이다. 천성적으로 타고난 근면한 성격은 상가 쓰레기와 함께 배출되는 종이상자를 그냥 흘려보내지 않는다. 운동 삼아 시작한 상자를 모아 파는 일은 이제 솔이네 가족의 생활비로 쓰인다고 자랑을 한다.

종이상자를 모아 폐품으로 팔아서 들어오는 액수는 삼사십만 원 정도라고 한다. 그 작은 액수라도 솔이 엄마의 생활은 여유가 있다. 때때로 독거노인을 위문하고 저축도 한다. 꽤 많은 액수를 모아 이웃에 급한 돈이 필요할 때, 은행 금리로 빌려준다.

"혼자 사는 사람은 이자도 안 받고 빌려 주지만, 너한테는 이자를 꼭 받아야 해, 자식과 남편이 있으니까, 넌 불쌍하지 않아."

어떻게 된 일인지, 모든 것에 부족한 것이 없는 나는 간혹 솔이 엄마의 돈을 빌려 쓰는 입장이 된다.

바퀴 달린 미니 손수레 위로 차곡차곡 종이 상자를 싣고 지나가는 솔이 엄마의 표정이 오늘따라 한결 밝다. 길거리에서 꽃을 파는 할아버지 옷을 정갈하게 세탁해서 가지고 가는 얼굴은 환한 미소가 보인다.

"그 할아버지가 미남이라서 좋아하시나 봐?"

"애는, 할아범이 불쌍해서 그러지, 주변의 빈 상자도 모아주고 고마워서야. 사랑이 뭐 말라죽은 거냐? 난 인간을 사랑하지 않아. 우리 솔이와 나리만 있으면 돼. 내 팔자가 얼마나 좋으냐? 너처럼 남편과 자식 때문에 속 썩을 것도 없구."

아직도 젊은 날의 미모를 짐작하게 할 만큼 쭉 곧은 두 다리, 헐렁한 몸뻬 바지 속에 가려진 균형 잡힌 몸매, 낡고 빛깔마저 바래진 신발 속에 발모습도 예쁘다. 솔이 엄마의 눈빛은 아직도 총기가 느껴진다.

솔이네 집은 낡은 기와집에 문창호지를 바르고, 연탄으로 난방을 하는, 요즘 보기 드문 구옥이다. 개들은 마당과 방을 자유로 들락거리고 밤에는 두 마리의 개와 고양이를 팔베개 삼아 잠이 드는 그야말로 개판이다.

솔이네 마당엔 온갖 꽃들이 피었다. 남들이 버린 화분을 주어다 놓으면 이듬해 다시 꽃이 피고, 그 꽃씨가 떨어져 마당 구석으로 봄, 여름, 가을, 자연스럽게 꽃이 핀다.

"난 한 번도 꽃씨를 심지 않았는데, 어디서 떨어져 저렇게 탐스러운 꽃이 피었는지 몰라."

솔이네 집 마당에서 채송화를 모종해서 화분에 심은 지가 보름이나 지났다. 고개를 꼿꼿이 세운 모양이 머지않아 꽃봉오리가 벌어질 것 같다.

나는 때때로 자존심이 상하도록 사는 일이 궁지에 몰릴 때가 있다. 나의 신용을 믿어 주고 도와주는 단 한 사람의 고마운 이웃이다.

스무 살의 친구

며칠 전부터, 오락가락하던 여름 장맛비는 제법 굵은 빗줄기로 하염없이 흐른다.

버스 유리창에 흐르는 비는 앙금처럼 가라앉아, 단단한 응어리가 되어 버린 기억의 조각들을 흐물흐물 녹여 질척한 그리움을 만든다. 그것들은 체기인 양 가슴에서 울렁거린다.

마을 건너편 산허리를 둘렀던 구불구불한 황톳길은 아스팔트로 말끔하게 정리가 되었다. 잠깐만이라도 시간을 내서 한 번쯤 상가를 돌아 봐야지, 이런저런 생각이 들면서도 언제나 혼자만의 시간이 만들어지지 않는다. 산 중턱을 뚝 잘라 만든 길엔 지나가는 자동차의 모습조차 보이지 않는다. 그때나 지금이나 산길은 적막하다.

버스는 어느새 신남을 지나쳐 인제 시내를 돌아 산촌 박물관 주차장에서 멈추었다. 현대식 양식으로 새로 건축되어 개관한 산촌 박물관은 축하의 꽃들로 가득했다. 깔끔하게 전시된 산촌의 사계절 풍경들은, 고단하고 가난했던 옛사람들의 초라한 삶은 잊혀지고, 아련한 그리움만 화폭 속에 정지되어 있다. 지역 역사의 소중한 자료가 된, 낡은 흑백 사진 앞에서 현재의 지명과 옛 지명에 대한 설명을 들어본다. 형체만 보이는 흐릿한 사진이지만 낯익은 풍경이다. 오래 간직한 빛바랜 사진 앞에 서서, 모습조차 가물거리는 스무 살의 친구를 그려 본다.

1968년, 인제군 신남의 십이 월은 사방을 둘러봐도 눈밖에 보이지 않았다. 발목까지 올라오던 눈과 앙상한 겨울나무, 산허리를 뚝 잘라 길을 낸 구불구불한 황톳길, 벌목을 실어 나르는 대형 트럭이 어쩌다 지나가는 것 외엔 아무것도 살아있는 것이 없을 듯한 겨울 산길, 얼음 같은 공기를 들이마시고 내쉬는 입김은 서리가 되어 얼굴로 허옇게 달라붙었다.

제이의 시선이 머문 산 중턱 후미진 곳의 오두막집은 눈에 파묻혀 지붕만 동그랗게 올라와 사람이 사는 것 같지 않았다.

"저 집엔 아편 중독자가 된 남자를 따라 여자가 세상을 등지고 이 산으로 들어온 지가 벌써 여러 해 지났어, 먹고 살게 없으니까 사는 게 말이 아니지. 산비탈에 푸성귀도 심고 약초를 캐서 장날 내다 팔고, 그래도 난 두 사람이 참 행복해 보여, 서로 사랑하며 살고 있으니까."

우리들은 양 볼이 사과처럼 빨갛게 얼고 동상에 걸린 발가락에 심한 통증에도 아픈 느낌조차 잊고 설경에 취해 탄성을 질렀다. 지나치게 감성적이었던 나는 먹이를 찾아 내려온 산새처럼 재잘거렸다.

어디가 끝인지도 모르는 산길을 따라 돌다가 펑퍼짐한 묘지 앞에 서서 두 팔을 벌려 하늘을 향해 소리를 쳤다.

"난 이다음에 결혼식을 하면, 하늘이 파란 봄날 이런 곳에서 들꽃을 한 아름 안고 패랭이꽃을 모아 머리에 화환을 만들어 썼으면 좋겠어."

입영이라는 막연한 누려움에 심각한 우울증에 멍청해 보이던 제이도 소년의 해맑은 웃음을 웃었다. 온몸이 얼었다 못해 입속까지 얼어 말을 할 수가 없는 매서운 추위도, 스무 살의 우리들에겐 슬프도록 신이 났다. 제이의 어두운 눈빛은 산촌의 한겨울 정취와 너무도 잘 어울렸다. 다음날도, 그다음 날도 우리들은 눈길을 걸으면서 시작도 의미도 없는 바람 같은 말들을 재잘거렸다.

그 시절 갓 스물을 넘어선 우리 친구 셋은 새로운 직업에 한껏 부풀어 있었다. 세상을 다 얻은 듯 자신감이 넘쳤다.

절친했던 친구의 사촌 언니가 신장개업을 한 사업장이 인제군 신남에 오픈을 했다. 단짝으로 몰려다니던 우리들은 오픈식날 매상을 올려 주기로 하고, 한 달 동안 추억에 남는 멋진 망년회를 상상하며, 높은 임금을 받고 12월 한 달 동안을 기약하고 인제로 떠났다.

오일장이 열리던 신남 지역은 제법 경기가 좋았을 때였다. 인제 읍 중심가의 지하수는 철분이 많이 섞여 나와 목욕탕 물로는 적절하지 못했다. 신남의 물은 피부가 매끄러워진다는 소문과 함께 인제 시내는 물론 인근 마을 주민들까지 신남에 있는 대중목욕탕을 이용했다.

그해, 인제의 겨울은 유난히 춥고 눈이 많이 내렸다. 함께 간 친구들이 늦잠을 자는 아침 시간 나는 일찍 사업장 문을 열었다. 벌목한 나무가 흔했던 신남의 겨울철은 나무를 이용한 난로가 그럴듯하고 정겹기까지 했다. 한 번도 나무난로를 사용해보지 못한 아가씨들에게 차가운 난로에 불씨를 붙이는 일이란 쉬운 일이 아니었다. 난로 속에 나무는 연기가 심하게 나면서도 쉽게 불이 붙지 않았다.

우리들과 망년 파티에서 안면이 있었던, 제이는 아침마다 상가 앞을 지나 직장으로 출근을 했다. 눈물을 찔끔거리며 문을 열고 있는 부산스러운 아가씨들의 모습이 딱하게 보인 탓인지, 출근을 하다 말고 난로에 불을 손쉽게 붙여주고 지나갔다.

그 즈음, 제이는 입영 날짜를 십 여일 앞두고 다니던 직장에 사표를 냈다. 우리들도 신장개업을 도와주기로 약속한 날짜가 끝나고 있었다. 도시와는 너무나 뚝 떨어진 곳에 위치한 신남에서 바라다 보이는 높고 낮은 산으로는 상상을 초월하며 눈이 내렸다. 하염없이 쏟아지는 눈을 보는 우리들은 환호성을 지르며 떠나야 하는 날짜를 미루고 있었다. 끊임없이 내리던 눈이 앞이 보이지 않도록 퍼붓다가도 맑은 햇살이 눈부셨다. 제이의 친구들은 겨울 동안 고향으로 돌아와 있었다. 우리는 그곳에 더 머물 이유가 없었지만, 그 해 망년회를 한다는 핑계로 그곳 지형을 잘 아는 제이의 친구들과 어울려 눈으로 덮여버린 산길을 걸었다. 모두가 들뜬 기분과는 달리 제이의 표정은 어둡기만 했다. 극도로 불안해하는 그의 표정은 입영 전날까지 우리들을 붙잡았다. 제이가 입영을 하던 날, 우리는 인제에서부터 출발하는 버스를 함께 탑승했다. 홍천 시외버스터미널에서 우리들은 각자의 행선지로 승차권을 끊었다. 대합실의 유리창은 겨울 내내 닦아내지 않은 먼지가 쌓여 창밖에 보이지 않을 정도였다. 행선지가 서로 다른 우리들은 복잡한 대합실 안에서 서성거리며 어색한 표정으로 서로를 마주 바라보며, 어쩌면 마지막이 될 시간을 초조하게 기다리고 있었다. 제이가 타야 할 버스가 먼저 떠나려고 시동을 걸고 있었다. 제이는 재빨리 대합실 밖으로 나가 유리창에 붙어 있는 먼지에 사랑이라고 낙서를 하고 우리들을 향해 슬픈 미소를 보내며 쑥스러워했다. 말수가 적고 계집아이의 얼굴처럼 갸름하고 고운 청년의 얼굴로 눈물이 흘러 그의 옷섶에 떨어지고 있었다. 우리들의 눈에도 눈물이 흘러 제이의 얼굴이 흐릿하게 보였다. 제이가 탄 버스가 우리들의 시야에서 완전히 사라질 때까지 함께 뛰면서 손을 흔들었다.

제이는 신병훈련을 마치고 자대 배치를 받은 후, 첫 편지를 보내왔다. 두 장의 편지지를 앞뒤로 빼곡하게 쓰인 소식은 남자다움이란 찾아볼 수 없는 나약한 편지였다. 입영하기 전 제이의 우울한 표정을 떠올리게 했다. 각자의 일상으로 돌아와 무심히 많은 세월을 흘러 보냈다. 빛바랜 사진 속의 풍경처럼 형체를 알 수 없는 그리움들은, 잡으려고 하면 미끄러지듯 무수한 시간 속으로 숨어버리는 스무 살의 내 친구.

요즈음 TV 뉴스로 접하는 군인들의 병영 생활 속에서 벌어지는 일부 놀라운 사건들을 듣는다. 그 시절 제이의 편지를 이제야 어렴풋이 이해할 수가 있을 듯하다. 철부지였던 우리들은 제이에게 진정한 친구가 되지 못했다. 건강한 남자가 꼭 통과해야 하는 특별한 체험을 이해할 수가 없었다.

그해 겨울, 인제군 전 지역으로 앞이 보이지 않을 정도로 엄청나게 쏟아지던 폭설은 너무나 아름다웠다.

미련 하나 보내며

"여보세요, 지금 다 와 갑니다. 어디로 나오시겠습니까?"

다급하고 떨리는 듯한 목소리다.

나도 마음을 가다듬고 거울을 보았다. 특별하게 차려입거나 그런 것은 아니다. 그냥 마음이 들떠서 이리저리 자신의 몸매를 살피고 있을 뿐이었다. 그래도 아직은……, 하고 용기를 냈다. 약속한 시간이 십 분쯤 지나 찻집의 문을 밀었다. 순간 몇 사람의 시선이 내게로 쏠리고 있는 느낌이다.

"어서 오세요, 이쪽으로 오십시오."

서른이 훌쩍 넘어 보이는 찻집 여인은 웃음을 참는 표정으로 나를 보며 해묵은 먼지가 뿌연 창가 자리로 안내했다.

낡고 우중충한 탁자를 밀치듯이 벌떡 일어서는 사내는 어색한 눈웃음으로 고개를 숙일 듯하며 손을 들어 인사를 했다. 나는 잠깐 동안 멍한 시선으로 그 사람을 마주 보았다. 그때 그 사람이 맞을까?

서로 변한 모습에 세월의 흐름이 가슴 속에서 싸늘하도록 서글픈 생각이 스친다. 유난히 큰 키에 깔끔해 보이던 외모로 멋스럽던 그 사람이 분명하다. 그동안 와본 일이 없는 다방이라 무엇을 주문해야 하나 망설이다가, 아주 오랫동안 잊고 살았던 홍차를 주문했고, 그 사람도 홍차를 함께 주문했다. 어떤 말을 먼저 해야 할지 몰라 마주 바라볼 수밖에 없는 시간이 흘렀다. 그가 먼저 입을 열었다. 춘천에 사는 먼 친척 집에 장례가 나서 오게 된 길에 옛 친구로부터 내 전화번호를 알게 되어 꼭 만나 보고 싶었다고 말했다. 얼굴빛이 붉게 상기되어 더듬거리며 말하는 그를 바라보고 나는 내심 놀랬다. 상갓집에 오는 사람이 웬 빨간 넥타이를? 그것도 몇 번이나 드라이를 했는지 후줄근하다. 그 사람에게는 어울리지도 않았다. 잠시 후 주문한 홍차가 나왔다. 찻집의 한산한 분위기에 할 일 없는 여종업원들은 두 사람을 힐끔힐끔 보는 모습들이 견딜 수 없이 어색하기만 하다.

그는 갑자기 홍차에 프림과 설탕을 폭폭 떠 넣었다. 그리고 휘휘 저어 후루룩 소리를 내며 마치 뜨거운 물을 마시듯 한다.

나는 황당한 생각이 들었지만 표정을 고치고 넌지시 물었다.

"홍차 맛이 너무 달지요?"

"예~예"

그 사람은 그렇게 몸 둘 바를 몰라 했다. 어색해하기는 나도 마찬가지였다.

이십 년 전 그때를 생각하면 나는 늘 후회가 되었다.

나의 친정아버님은 가끔씩 내가 속상한 결혼생활을 푸념하면 한숨을 쉬듯이,

"너는 그 사람과 결혼을 했어야 했느니라."

라는 아쉬운 표현을 하셨다. 어쩌다 그의 소식을 전해 듣노라면 그 사람은 둘도 없는 애처가라고 했다.

내가 처음으로 그 사람을 소개받은 것은 친정아버지로부터였다. 명절에 정종을 사들고 큰절을 하러 오는 아주 잘 생긴 청년이 있다고 한번 보라고 하셨다.

얼굴도 모르는 채 일 년 남짓 그와 나는 편지를 주고받았다. 맞선 보기 위해 만나보기로 약속한 날, 낮부터 기다려도 그 사람은 나타나지 않고 날이 어두워지고 나서야 피곤한 모습으로 나타났다. 나는 짜증이 나고 자존심이 상했다. 그 시절엔 전화가 귀한 시절이었다. 나중에 안 일이지만 대관령 고개를 넘어오다 버스가 굴러 사고가 났지만 다행히 그 사람은 무사했던 것이다. 화가 나서 뾰로통한 나에게 사고가 나서 정신이 없었던 상황을 자세히 말하지 못한 그의 마음을 몰랐다. 그 시절엔 처녀 총각이 대놓고 데이트를 하기가 쉬운 일이 아니었다. 지금처럼 만남의 장소가 편한 것도 아니었다. 작은 마을 불빛이 드문드문 흘러나오는 어두운 대로변 길을 멀찌감치 떨어져 걸으면서 그는 내게 질문을 던졌다.

남자 친구를 사귀어 본 일이 있느냐고 묻는 말에 나는 하루

종일 기다리게 해놓고 고작 묻는 말이 저속한 느낌이 들었다. 이 나이까지 남자 한번 안 만나 본 사람이 어디 있겠느냐고 신경질적인 대답을 하고 뒤도 돌아보지 않고 집으로 돌아왔다. 작은 마을이라 마을을 들어오고 나가는 차는 일정한 간격으로 미니버스 한 대뿐이었다.

다음 날 아침 각자 직장으로 돌아가기 위해 버스를 탔다.

그 사람은 앞자리에, 나는 뒤편에 자리를 잡았다. 직장에 출근을 해야 하는 관계로 같은 시간에 첫 차를 탈 수밖에 없는 노릇이었다. 나는 자연스럽게 그의 뒷모습을 보게 되었다. 그는 훤칠한 키에 반듯한 외모를 갖춘 미남이었다. 그것이 내가 본 처음이자 마지막 그때 그 사람의 모습이다. 그 뒤로 몇 번의 긴 편지가 오고 갔다. 아직도 나의 기억에 지워지지 않는 것은 반듯한 그의 글씨며 끝부분에 도장을 꼭 찍어 보내는 것이다. 그때 나는 이 사람은 틀림없는 사람이라는 생각이 들었다.

한참 동안 이런저런 생각과 함께 홍차에다 설탕과 프림을 섞어서 어색해 하며 훌쩍 마시는 어설픈 그 사람을 보는 마음은 썰렁하기만 했다.

그래도 나는 대접이라도 해 보내야겠다는 생각에 찻집을 나와 어둑해진 밤 인도 위를 걸으니 계절은 깊은 가을 속에 와 있었다.

플라타너스 가로수 낙엽이 가로등 아래서 스산한 밤바람에 와사삭 비명을 지르며 이리저리 몰려다니고 있었다. 어색해하며 쩔쩔매는 그의 모습이 조금은 우스워져서 장난을 치고 싶은 마음으로 손을 내밀었다. 그도 기다렸다는 듯 반가워하며 내 손을 아프도록 잡고 흔들었다. 이처럼 스스럼없이 자신을 대해 줘서 날아갈 것처럼 상쾌한 기분이라고 하며 역시 만나보길 잘 했다고 생각했다. 그와 나는 아직은 초저녁이니, 어디 가서 생맥주라도 한잔하자고 눈에 보이는 번쩍거리는 집으로 들어갔다. 나중에야 안 일이지만 그 집은 아가씨가 있는 룸살롱이었다.

기본 안주와 맥주가 나왔다. 나도 그렇지만 그 사람도 술 한 잔 멋지게 마실 줄 모르는 눈치였다. 커다란 안주 접시를 가운데 놓고 어색한 표정으로 마주 앉아 바라보기만 했다. 좀처럼 술이 줄어들지 않았다.

약간의 술기운에 마음이 진정된 그는 진지한 표정으로 이야기했다.

"TV 드라마에서 첫사랑에 대한 이야기가 나오면, ○○씨 생각에 잠을 못 이루고 뒤척인 날도 많았습니다. 오늘 이렇게 만나보게 되니 가슴에 응어리가 확 풀린 듯 시원합니다."

이럭저럭 어설픈 시간이 흘렀다. 그 사람은 상갓집으로 가야 하고 나도 집으로 돌아가야 할 시간이 되었다.

그 사람은 접시 위에 놓인 갖가지 콩 종류의 안주가 너무나 아까웠던 모양이다. 주섬주섬 주머니에 집어넣으며 아까우니 나도 가져가라고 챙겨주었다. 나는 순간 술집에 남은 안주를 가져가라니……, 하는 묘한 실망감에 마음이 허전했다.

남편 같으면 이런 경우에 빚을 내서라도 멋지게 한턱냈을 텐데……, 하는 생각을 하니 씁쓸한 웃음이 나왔다. 사실 그 사람의 말은 옳은 말이었다. 얼마나 아까운가? 돈 주고 먹지도 못하고 몇 마디 말만 하다 그냥 두고 나와야 하니 말이다.

그가 아까운 마음으로 술값을 계산할 상상을 하며……, 재빠르게 계산대로 가서 술값을 지불했다. 그리고 어둑한 지하 카페를 나왔다. 나의 속도 시원했다. 듣던 대로 착실한 사람이었다. 그 사람은 술값을 내가 낸 것을 못내 미안해하며, 어쩔 줄 모르는 표정이 어린아이 같다.

"원주에 놀러 오십시오, 치악산에 올라가서 라면을 끓여 먹는 맛이 일품입니다."

"그래요 언제 한 번 꼭 갈 날이 있을 거예요. 그때 끓여 주는 라면 맛볼게요."

그 후 일 년이 훨씬 넘어서야 원주에 갈 일이 생겼다. 이럭저럭 시간의 여유가 있었다. 동행했던 일행에게, 원주에 아주 오래전 맞선 본 착한 옛 친구가 있다고 이야기했다. 불러내서 차라도 한잔 마시면서 어떤 사람일까 보고 싶다고 농 섞인 말을 하며 내 마음을 들뜨게 했다. 나는 상기된 마음으로 그때 적어 준 전화번호를 눌렀다.

"여보세요."

낯익은 목소리가 들렸다. 내 목소리를 알아들은 것 같은데도

계속

"여보세요."

반복적으로 대답을 한다. 나도 말없이 수화기를 내려놓았다. 참을 수 없는 허허로운 웃음이 나온다. 큰 소리로 웃는 나를 보며 함께 갔던 일행은 무슨 일이냐고 물으며 따라 웃었다. 다니던 직장을 퇴직하고 그 돈으로 24시가 편의점을 차려 부인과 함께 경영한다던 그 사람의 말이 생각났다.

착한 그의 옆에 아마도 미인이라고 풍문에 들은 부인이 함께 있을 것 같다는 생각이 들었다. 나는 또다시 자지러질 것처럼 웃었다. 공중전화 박스에서 나오니, 바람이 시원하다. 낙엽 된 은행나무 잎들이 바람에 떠밀려 와르르 모여든다. 마른 잎 부딪히는 소리에 가슴 한복판으로 쏴~아 하고 싸늘한 물 한줄기 흐른다.

오랜 세월 간직했던 그리움 덩어리 하나 바람을 따라 내 곁을 떠나가는 소리가 들린다.

사추기 思秋期

해마다 이 월 초쯤이면 대학로는 소란스럽다.

초저녁부터 서로 어깨가 부딪힐 정도로 선후배 모임으로 왁 자지껄하다.

나는 양팔이 늘어지게 반찬거리를 사들고 키가 훌쩍 큰 대학 생들 사이를 비집고 나오려니 민망스럽기도 하다. 주위를 둘러 봐도 아줌마는 없다. 한껏 모양을 내고 있었지만 내가 지나다 니기엔 불편할 정도로 젊은이들이 북새통을 이루고 있다. 정현 이 어정쩡한 모습으로 빙긋이 웃고 서있던 건널목 신호등 앞에 짐을 내려놓고 사방을 휘휘 돌아본다. 이곳 어디서 나를 발견 한 정현이가 수줍고 조용한 몸짓으로 환하게 웃으며 '저에 요' 하고 나타날 것 같다. 신호등은 여전히 그때와 다를 바 없 이 빨간불이 켜져 있다. 몇몇 사람들이 길 양쪽으로 늘어서서 서로를 무의미한 표정으로 마주본다. 참으로 오랜만에 이곳에 서서 길 저쪽 건너편 사람들을 유심히 바라보며 신호 바뀌기를 기다리고 있다. 오랫동안 이 길을 피해 다녔다. 어쩌다 이곳을 지나 갈 때면 길가에 털퍼덕 주저앉고 싶도록 정현이 보고 싶었기 때문이기도 했다. 정현의 모습을 처음으로 보던 그 날이나 십 오년이나 지난 지금 이 거리의 풍경은 조금도 변하지 않았다.

2월 달임에도 상가 앞 도로는 젊은이들로 인해 추위는 가버리고 봄날처럼 상쾌함으로 활기찼다. 아이들 북새통에서 나 혼자만 아줌마라는 생각을 하며 한 걸음 한 걸음 걸을 때마다 반듯한 매무새로 상가 앞 코너를 지나고 있었다.

"어? 선배님 어디 갔다 오세요? 이리 주세요. 내가 들어다 줄게요."

"아니야, 괜찮아요, 정말 반갑네! 어머나 친구와 한 잔 했나봐! 어서 가 봐요."

"선배님 오랜만에 우리 한 잔 할까요? 요기 보이는 지하 소주방에 들어가 있을게요. 짐 갖다 놓고 빨리 오세요."

나는 얼떨결에

"그래요."

하고 대답을 하고 있었다. 후배의 옆에 서 있는 보기 좋은 체격의 사람 좋아 보이는 남자는 뭐가 즐거운지 싱긋이 웃고 있다가 고개를 끄덕였다. 요 며칠 스트레스 받은 속 이야기를 어디다 확 털어버리기라도 했으면 후련할 것 같았다.

어둑한 지하 소주방에는 통나무로 만든 테이블 여기저기 여럿의 젊은이들의 술 취한 모습이 정겹고 자유롭게 보인다. 나는 정현이 옆자리에 앉은 후배를 마주보기 위해 걸터앉았다. 둘은 어느새 다 마셨는지 소주병은 모두 빈병이 되어 있었다. 술 안주로 시킨 찌개는 국물이 거의 졸아들고 있었다. 나는 후배의 장황한 이야기를 들으며 어색한 분위기를 벗어나려고 서너 잔이나 사양하지 않고 받아 마셨다.

"선배님 그렇게 얌전떨지 마시고 요즘 지내는 이야기나 해요, 어때요 이 동네는 경기가 그래도 좀 낫겠죠?"

후배는 온 얼굴을 찡그리며 자작으로 한 잔 따라서 물 마시듯 마시고 남자에게 잔을 권한다. 옆자리의 남자는 심각한 표정으로 머리를 자주 쓸어 올린다. 숱이 적은 머리는 며칠 감지 않은 머리카락처럼 무스를 흠뻑 발라서 자르르하게 넘겼다.

"선배님 짠~하고 말 좀 해요! 뭐 경영에 관한 강의라든가?"

둘 사이에 끼어들어 몇 잔의 술로 기분이 들뜬 나는 내색하지 않으려고 말을 하고 있었다.

"나 요즘 사춘기인가 봐"

"흠~ 사춘기라 그런 게 있었나요?"

옆자리의 남자는 사뭇 심각한 표정으로 후배를 거들고 끼어들었다.

"여자들의 그런 마음을 모르고 있었어요, 남자만 느끼는 줄 알았는데……. 허 거참"

후배가 말해주는 남자의 이름은 정현이며 사람다운 사람이라고 했다. 술잔을 자주 비워내며 깊은 고뇌에 빠진 듯 고개를 깊숙이 숙여 아예 눈을 감고 긴 숨을 내쉬는 폼이 왠지 나를 편안하게 해주고 있었다. 나는 그 자리에서 무슨 말을 떠들었는지 모른다. 이 두 사람 앞에서 자존심과 위신을 허물어뜨리지 말아야지 하는 생각뿐이었다. 다리를 가지런히 모으고 곧은 몸매를 과시하고 있었다. 정현은 알 수 없는 표정으로 자주 시선을 보내곤 이내 고개를 숙인다. 그 후 며칠이 지났을까 후배에게서 전화가 왔다.

"선배님 오늘 우리 친구들 모임이 있는데요, 그 때 선배님의 사추기라는 제목의 강의를 듣고 싶어 하는 후배들이 있습니다, 오실 거죠? 안 오시면 안 됩니다. 모두가 선배님의 출현을 기다리고 있습니다."

후배는 일방적으로 전화를 뚝 끊었다. 거절할 수 없는 무엇에 끌리듯 약속한 시간 나는 카페 문을 밀고 들어섰다. 순간 요란한 박수 소리에 깜짝 놀란 나머지 나는 잘못 들어왔나? 하고 두리번거렸다.

"여기요. 이리로 앉으세요."

활짝 웃으며 반갑게 손을 들어 자리를 안내해 주는 정현의 얼굴은 한 무더기 진달래꽃처럼 따뜻한 느낌이 전해진다. 십년지기를 만난 것처럼 반가워 어쩔 줄 몰라 했다. 큰 덩치에 어울리지 않게 정현은 소년처럼 쑥스러워한다. 내가 어설프게 정현의 옆자리에 앉으려는 순간 불쑥 문을 열고 후배가 들어왔다.

"어! 우리의 영원한 선배님, 이 사람들이 모두 선배님의 명강의를 신청했습니다. 수강료는 오늘 우리가 한 턱 쏘겠습니다. 우선 시원하게 한 컵 쭉 드시고 자리를 옮겨서 강의를 듣도록 하겠습니다."

짝짝짝 '우~우' 그들은 모두 일어섰다. 잔을 들어 원샷으로 잔을 비웠다. 어떤 말을 해서 이들을 감동시키고 이 남자들 앞에 당당한 선배로 군림할까? 후배가 잔뜩 치켜 올리는 너스레에 한껏 기분이 풀린 나는 얼얼한 술기운으로 그들이 이끄는 2차에 합석했다.

후배는 내가 맡은 단체에 소속된 회원이었다. 대부분 여자로 구성된 단체에서 후배는 매사 뒤틀리고 분분하게 속을 썩였다. 나는 그런 골칫거리인 후배를 잘 설득시켜 단체 일에 참여하게 만드는 일이 전 회원에게 리더의 능력을 과시할 수 있는 일 중의 하나라고 생각하고 꾸준히 대화를 시도했었다.

"나이도 우리 큰 누님과 연배시고 직업도 저와 같으시니 저에게는 대선배가 되시는군요. 대선배님! 앞으로 잘 모시겠습니다."

라는 다짐을 받았었다. 그런 대견한 후배가 특별한 자리를 마련하게 된 것을 생각하며 후배의 기대에 어긋나지 않는 선배로서 후배 친구들에게 멋진 대선배로서 무슨 말을 해야 할 것인가? 고심을 하며 생각한 나머지 이혼을 하고 싶은 여자의 마음, 여자의 발목을 잡는 결혼 생활 이야기 등등, 모두가 기혼자인 그들은 내 이야기 도중에 심각한 표정으로 담배를 피우거나 한숨을 쉬거나 고개를 끄덕이며 아무튼 진지한 경청의 자세였다. 그리고 여자의 속마음을 아는 기회였다고 박수를 쳤다. 그날 웃기는 내 엉터리 강의는 그렇게 성황리에 끝났다.

　정현과 후배는 답답한 속내를 서로 털어놓고 간단한 식사 자리를 자주 만들었다. 후배는 그 무렵 경영하는 업소가 불황이라며 모든 상황을 해결하려고 고심하고 있었다. 나와 정현은 후배를 가운데 앉혀놓고 나서야 비로소 마음 편한 자리를 만들었다. 후배는 어느 사이에 정현과 나 사이를 감시하고 나섰다. 그렇게 몇 번의 봄이 오고 가을이 지나가고 있었다.

　"별 일 없으시면 우리와 차 한 잔 하러가요. 제가 선배님이 아주 좋아할만한 카페를 보았어요."

　후배의 반가운 전화였다. 그 무렵 남편의 외도와 폭력적인 언사, 잘못된 술버릇 등으로 집을 뛰쳐나가버리고 싶은 기분이 되기도 했다. 후배가 안내한 카페는 강물이 훤히 내다보이는 넓은 창이 있어서 제법 운치가 있었다. 창밖은 늦가을 내음이 넘실거리고 있었다. 늦은 점심 식사 후 차 한 잔을 마시고 나니 어느새 어둠이 내리고 있었다. 우리는 저무는 강가에 앉아 강물을 바라보니 각자의 위치와 현실이 두렵고 슬퍼지기 시작했다. 어스름한 저녁은 모두의 말을 중지시켰다. 강가의 들풀들은 서로 몸을 비비며 어둠을 먹고 있었다. 누가 먼저 시작했는지 눈물을 흘리기 시작했다. 울다가 더 슬퍼지고 슬픔이 목으로 차올라 숨이 막히면 코를 풀어 가면서 더 큰소리로 울었다. 아무것도 달라질 수 없는 현실을 안타까워하며 어린아이들처럼 무작정 울고 또 울었다. 얼마간 엉엉 소리를 내며 울다 세 사람의 눈물은 차츰 잦아들고 서로의 얼굴을 쳐다보며 쓸쓸하게 웃었다.

세 사람 모두는 막힌 속이 시원하게 뚫린 기분이 들면서도 또 눈물을 글썽이며 서로의 모습을 쑥스러워하며 큰 소리로 웃었다.

마치 사춘기 시절처럼 가슴이 울렁이기도 한다. 바람이 지나간 것처럼 아무 흔적도 없어야만 하는 사랑은 더욱 가슴 아프다. 문득문득 정현이 보고 싶다. 정현은 뜬금없이 공중전화 부스에 매달려 아픔을 호소해 온다.

"저에요, 제가 술을 좀 많이 마셨어요, 그 동안 많이 보고 싶었지만 연락을 할 수가 없었어요, 사랑해요, 너무 많이요, 제가 이렇게 전화만 드려서 죄송해요. 저……. 정말 사랑합니다.……. 그럼."

"여보세요, 거기 어디세요……."

방금까지 들려오던 음성은 흔적도 없이 멈추었다. 딱딱한 전화기만 손에 남아 싸늘한 느낌을 준다. 어느 공중전화 부스에 정현이 있을까? 그 시절 정현이를 보면 왜 그렇게 눈물을 참을 수 없었는지 모르겠다. 내가 울면 정현이도 함께 펑펑 눈물을 흘렸다. 어떤 날 나는 여리고 착한 정현이 앞에서 엄청난 실언을 하고 말았다. 지나가는 바람이 들었을지도 모른다. 그 후 나는 그런 말을 한 것을 두고두고 후회했다.

언젠가 정현이가 내 손을 꼭 잡으면서 말했다.

"우리 다음 세상에서 꼭 다시 만나요."

신호등은 초록색으로 바뀌고 한 무리의 학생들 틈에서 정현이 나이쯤이나 되는 중년의 남자가 성큼성큼 인파 속으로 사라진다. 겨울바람은 매콤하도록 쌀쌀하다. 콧등이 시큰하다. 그리움은 이제 메말랐다.

우리들의 마지막 사추기는 초가을 저녁 나절 옷깃으로 스며들던 바람의 숨결로 지나갔다.

미소

단골 고객인 청년이 맑은 미소를 지으며 들어온다. 나도 활짝
웃으며 목소리를 높여 반가운 인사를 한다. 내 나이는 그 청년
의 어머니 같은 나이지만 청년의 미소에는 들풀 냄새 같은 신
선함이 느껴진다. 아마 어떤 처녀가 나에게 그런 산뜻한 미소
를 지었다면 동생처럼 사랑스러워 손을 잡아보고 싶었을 것이
다. 웃음은 사람마다 표정에 따라 전해지는 느낌이 다르게 생
각되기도 한다.

얼마 전 시청률이 대단했던 TV 드라마 한 편이 생각난다. 이
십 대 남자 탤런트에 웃은 표정 때문에 인기가 높았던 드라마
였다. 심지어는 살인 미소라는 유행어도 나왔다. 나도 그 탤런
트의 미소에 반해서 TV 연속극 시간을 기다리며 들떠 했었다.
얼마 동안은 우리 집을 찾아주는 고객의 인사말 중에 꼭 그 배
우의 미소를 이야기하며 함께 즐거워하기도 했다. 그 탤런트의
웃는 모습은 너무 순수해 보여서 여성 팬들의 가슴을 설레게

한 것 같다.

오늘은 날씨 탓인지 모처럼 한가하다. 평소에 가깝게 지내는 분의 안부 전화가 왔다.

"제주도에서 보내온 귤인데요, 직원들과 맛있게 드세요. 요즘 사업은 좀 어떠세요? 연말에 저녁이라도 함께 하기로 하십시다."

언제 들어봐도 활기찬 목소리다. 반가운 전화다. 가게 앞에 귤 상자를 내려 주고 손을 흔들며 지나간다. 제주도가 고향인 원장님이 보내온 귤은 그 맛이 더 달콤할 것 같은 생각에 군침이 돈다. 비는 아침부터 부슬부슬 내렸다. 거리는 온통 습기로 축축해져서 집안 바닥까지 질척하게 물이 묻어 들어온다.

귤 상자를 뜯어서 차디찬 귤을 한 입 깨물어 새콤하면서도 달콤한 그 맛을 느껴본다. 귤 맛은 세월이 흘러도 변함이 없다.

평소에 점잖은 직원들도 오늘은 마음이 들뜬 모양이다. 웃음소리가 너무 크고 산만하다,

"얘들아 성탄절 날은 예수님 생일이에요, 들떠서 노는 날이 아니에요."

한 해를 보내며 들뜬 기분을 잘 알면서도 나는 큰 소리를 내어 본다.

귤 한 쪽 꽉 깨물어 맛을 음미해 본다. 내가 처녀 시절엔 과일도 흔치 않았다. 그때 내가 일하던 곳은 길가로 커다란 유리창이 있었다. 매일 아침 집 앞으로 지나가는 내 또래의 Y라는 청

년이 있었다. Y는 어른 주먹만 한 밀감을 창틀에 슬며시 놓으면서 수줍게 웃었다. 처음엔 귀한 과일이라고 나누어 먹으며 떠들고 수다를 떨었다. 어느 날은 지나가는 Y에게 맛있게 잘 먹었노라고 인사를 했더니 그다음부터는 더 자주 놓고 지나갔다. 동료들 사이에서 나는 놀림감이 되었다. 한 번에 많이 주고 오랫동안 나타나지 않으면 될 일을 매일 출근시간에 창틀에 슬며시 놓고 가니 자연히 말거리가 되고 말았다. 어느 때부터는 당당히 찾아와서 극장에 함께 가자고 조르기도 했다. 우리들이 함께 영화를 볼 때면 Y는 깨엿을 사서 슬그머니 나에게만 주었다. 나는 함께 간 동료들에게 나누어 주었다. 그러면 Y는 몇 개 더 사가지고 쑥스러워 하며 여러 사람에게 주었다. 그렇게 깔깔거리며 그해 겨울을 보내고 봄이 오고 가을이 갔다. 십이 월에는 눈이 많이 내렸다. 우리들은 성탄 이브의 밤에 누구와 밤새워 데이트를 하느냐가 화두였다. 그 무렵 나는 가까운 사람 중에 호감이 가는 사람이 있었다. 성탄절 날 밤에 데이트를 하기로 약속했다. 여전히 눈이 많이 오고 있어서 밤길을 걷는 데이트는 눈 속에 발목까지 푹푹 빠졌다. 그런데 아까부터 흰 마스크로 얼굴을 가리고 계속 따라오는 사람이 보였다. 불안한 느낌에 뒤를 돌아보니 멀리 보아도 Y의 모습이 확연했다. 그날 데이트는 어정쩡하게 끝나고 말았다. Y와 나는 인연이 없었는지 단둘이 데이트는 한 번도 못하고 겨울이 가고 말았다. 그 후로 Y의 모습은 보이지 않았다. 나중에 안 일이지만 입영 영장을 받고 군 입대를 한 것이었다.

Y의 친구 누나는 Y가 처음 나를 보았을 때 활짝 웃는 내 모습이 너무 좋았다며 자주 내 이야기를 했다고 내게 말했다.

그 해 다시 겨울이 왔다. 며칠간 간간이 쏟아진 눈으로 작은 마을의 밤은 백야를 방불케 했다. 퇴근 준비를 하고 있는 시간이었다. 기세등등한 해병의 모습으로 그간의 안부를 물으며 Y가 찾아왔다. 씩씩하다 못해 불량해 보이기까지 했다. 우리들은 손뼉을 치며 반가워했다. 신병 훈련을 받는 동안 제과점 빵이 먹고 싶어 죽을 뻔 했다며 빵이나 실컷 사달라고 익살스럽게 말했다. 우리는 빵 값을 서로 내겠다며 반가워 어쩔 줄 몰라했다. 그런데 Y는 내가 사주면 더 맛있게 먹겠다고 청했다. 나도 사주고 싶었다. 귀한 밀감도 매일 주고 간 성의가 고맙기도 했었다. 제과점에서 나오니 나에게 꼭 하고 싶은 말이 있으니 다른 사람들은 먼저 가시면 좋겠다고 인사를 했다. 함께 나온 동료들이 먼저 집으로 돌아가고 둘이서 눈길을 걸었다. 한적한 읍 마을의 겨울밤은 사람들 왕래가 적었다. 희미한 가로등에 등을 비스듬히 기대어 서있는 Y의 모습은 위압감마저 들게 했다. 할 말이 있다며 세워 놓고 한동안 말이 없었다. 통금 시간이 가까워지니 불길한 생각이 들어 이제 들어가야 되겠다고 하니 그는 나에게 악수나 한번 하자고 손을 내밀었다. 장갑을 끼고 있는 손을 잡으려는 순간 나는 장갑을 벗으며, 가겠다고 몇 발자국 뛰었다. 순간 Y는 내 스카프를 잡아당기는 것이었다. 나는 더 힘껏 뛰었다. 조금 뛰다 보니 스카프가 풀려나갔다. 그는 또 코트 자락을 잡아당겼다. 나는 점점 무서운 생각이 들었다. 코트 속에서 팔을 빼고 힘껏 달렸다. 집 근처까지 와서 숨을 돌리니 뒤에서 쫓아오는 기척이 없었다. 혼자 무서워 뛰어온 생각을 하니 바보스럽기도 하다는 생각에 혼자 웃었다. Y는 나에게 눈 한번 크게 뜨지 않았건만 내가 무서워했던 것은 밤늦은 시간이었고 길거리에 인적이 드물었기 때문에 공연히 으스스한 기분 때문이었던 것 같다. 다음날 오후 늦게 Y의 친구 누나인 언니가 화가 난 표정으로 눈을 흘기며 들어왔다. 손에는 내 코트와 장갑 그리고 머플러가 들려 있었다. 언니는 단골 고객으로 평소 우리 가게에 자주 드나들었다. 나는 어젯밤의 그 공포에 달리기를 이야기 했더니 언니는 눈을 흘기면서도 웃음을 참지 못했다.

"그것 봐라 지지배가 아무나 보고 눈웃음을 치니 그렇지, 한밤 중 대문을 흔드는 소리에 급히 나가 보니 Y가 여자 코트와 장갑을 흔들고 머플러는 머리에 쓰고, 술을 얼마나 많이 마셨는지 몸도 제대로 가누지 못하며 하는 말이, 네가 눈만 마주치면 수줍은 미소를 보내서 자신을 무척 좋아하는 것으로 착각하고 첫 휴가를 나오면 마음을 고백하려고 용기를 내서 기회를 살펴도 네가 영 틈을 보이지 않고 빨리 집으로 가려고 해서 결국 이 꼴이 되고 말았다며 눈물을 줄줄 흘리며 우는 모습을 보니 마음이 아프더라. 요 못된 것 같으니라구⋯⋯,"

언니는 때리는 시늉을 하며 야단을 쳤다. 나는 미안한 마음에 눈물이 핑 돌았다.

고향에 묻어 두고 온 순수한 추억이다.

그 시절을 생각하면 아련한 그리움이다. 신선하고 예쁜 미소를 보면 내 모습도 저런 아름다운 시절이 있었는데……, 생각하며 서울을 본다. 그 속엔 지난 세월 고단한 삶의 표정이 나를 서글프게 한다.

고향은 언제나 그립다.

그 속에 묻어둔 아름다운 이야기들이 있기 때문일지도 모른다.

그룹 홈의 봄

봄은 어느새 우리 집 문지방을 넘어왔나 보다.

싸늘하게 느껴지던 기온이 한결 부드러워졌다. 며칠 전부터 석유난로에 온도를 1단으로 내렸다. 홀가분한 마음이 한 짐 벗어놓은 듯 몸이 가볍다. 지난 겨울 동안 비싼 난방비에 동동 뛰며 가슴을 졸였었다. 지나가는 사람들의 눈빛에도 봄이 온 듯 활기차 보인다. 무엇인가 잘 이루어질 것 같은 그런 희망이 비치는 눈빛들이다. 고객인 총각 처녀들이 우리 가게 앞을 지나며 천진한 웃음으로 내게 인사를 한다.

마침 한가한 시간이라고 들어와서 차 한 잔 마시고 가라고 붙들었다. 총각 처녀들과 담소를 나누며 차를 마시면서 그들의 눈빛에도 봄이 온 것을 느끼게 한다. 계절처럼 총각 처녀들의 마음속에도 봄이 먼저 시작되고 있는가 보다.

희경, 중휘, 용선, 난영, 이들은 그룹 홈에서 함께 생활한다. 그룹 홈이란 중증 장애를 가진 사람들이 혼자 사회생활을 할 수 있도록 훈련을 시키는 공동생활 가정이다. 장애인 사회복지 기관에서 운영하는 교육 시설이다. 그룹 홈 선생님이시며 어머니 역할이신 분은 예쁜 미소와 자상함을 천성적으로 타고난 분이었다. 그 얼굴엔 사랑이 가득하다. 보기만 해도 마음이 편안한 느낌이 든다.

희경이는 올해 서른세 살 노처녀다. 2급 장애로 언어장애다. 지나치게 수줍어하고 겁이 많아 늘 긴장하는 표정이다. 중휘는 스물넷으로 1급 장애를 가졌다. 너무 힘이 넘쳐서 걱정이다. 잠시도 가만히 있지 못하고 몸을 움직인다. 코미디언 고 이주일의 흉내로 한참 신이 나면 탤런트 이덕화의 흉내도 너무나 흡사하다. 원맨쇼도 그럴듯하게 잘해서 여러 사람을 웃기는 유머가 풍부하며 태권 무술 시범도 보인다. 한참 신이 나면 노래도 리듬과 박자를 잘 맞추어 구수하게 부른다.

아마 결혼을 해서 아빠가 되면 우는 아기도 잘 달랠 것 같다. 희경이 누나를 지나치게 좋아해서 제대로 몸을 움직일 수가 없으면서도 얼굴과 몸짓에는 좋아서 어쩔 줄 몰라 하는 표정이 역력하다. 선생님이 누나에게 그러면 못써요 하고 웃으며 타이르면 쑥스러워 얼굴이 붉어지면서 자기 감정을 숨기려고 입 안 가득 침 범벅이 되곤 한다. 이 모습을 보는 희경이도, 침이 가득 고여 밖으로 흘러나올 것 같아 숨을 꿀꺽 삼킨다. 그러면서 눈을 곱게 웃으며 흘겨준다. 희경이는 혼기가 꽉 차서 그런지 사뭇 여자다움을 느끼게 한다. 그러니 힘이 넘쳐나는 중휘는 그렇지 않아도 붉은 얼굴이 더욱 붉어지며 눈동자까지 충혈 된다. 온몸의 중심이 흔들려도 그래도 굳건한 다리 힘은 몸의 중심을 한껏 잡아준다. 용선이는 올해 스물넷의 장애 1급이다. 언어장애와 함께 하체의 힘이 너무 부족해 걷기를 힘들어한다. 머리와 팔도 제대로 움직여 주지 않아 늘 힘겨워 한다. 얼굴 피부도 깨끗하고 생각에 잠긴 듯하며 늘 웃음을 잃지 않는다. 희경이 누나를 좋아하지만 중휘 형의 불처럼 뜨겁게 달아오른 정열에 기세가 꺾여 그냥 조용히 웃기만 한다. 그룹 홈의 막내 격인 난영은 1급 장애로 올해 스물두 살인 처녀다. 언니 오빠들의 분위기에 별 관심이 없다. 언어 장애로 표현이 부족하지만 그래도 말도 잘한다. 컴퓨터와 피아노도 배우며 인사성도 밝다. 걸음이 늦은 희경이 언니 손을 꼭 잡고 다닌다. 그래도 이들은 부모와 가족을 잘 만나서 이런 훌륭한 사회 복지 시설에 와서 교육을 받으며 자립심을 키우니 정말 다행이다. 인터넷도 잘 사용하며, 얼마 전에는 청와대를 방문하기도 했다. 이들 모두는 사회복지관으로 매일 출근해서 일을 하고 소정의 월급을 받는다. 퇴근길엔 우리 가게 앞으로 서로 손을 꼭 잡고 지나간다. 가끔씩 나와 눈이 마주치면 반가워 어쩔 줄 모르는 젊은이들이다. 가게 앞을 지나가는 이 총각, 처녀들이 반가워서 차라도 한잔 마시고 가라고 불러들여 이야기를 하다 보면 나도 즐거워진다. 사랑이 가득찬 천진한 눈빛만 봐도 나 또한 사랑하는 마음이 되고 만다. 나는 어느 목사님의 설교 말씀을 늘 잊지 않고 기억한다. 범사에 감사하라는 말씀이다. 그러면서도 가슴 한구석이 허전하기만 할 때가 많다. 때때로 부자가 부럽고 잘생긴 외모가 부럽고 많이 배운 사람이 부럽다. 그래서 현실에 내 삶을 만족하지 못한다. 삶을 즐거워하는 이 젊은이들을 보며 나도 철없이 가슴 아파했던 이런저런 걱정을 잊어버리고 활짝 웃는다. 이들에게 나누어 줄 아무것도 없는 나 자신이 부끄럽다. 다행히 나는 이 젊은이들이 좋아해 주는 사람 중에 한 사람이다. 주름 가득한 내 웃음을 좋아해 주어서 고맙기만 하다.

그 부모에게는 무엇에도 비교할 수 없는 귀한 자녀들이다. 그룹 홈 훈련 과정에서 홀로 자립하여 살아갈 수 있는 여러 가지를 배울 것이다. 나는 마음속으로 은근히 기대해 본다. 혼기가 꽉 찬 희경이와 코미디언 같은 중휘가 결혼을 해서 떡두꺼비 같은 아들, 딸을 보여 주려고 우리 가게 문을 밀고 들어오는 그 모습을 그려본다.

봄에 대지는 언제나 신비롭다. 모든 생명체가 새롭게 소생하며 기운을 받는다.

그룹 홈에도 봄기운이 가득하니 이 봄에 열매를 맺어 활짝 꽃이 피었으면 하는 상상을 해 본다.

제4부

통일호 열차

내 세월을 헤아려 보기라도 하듯, 나는 황급히 눈을 돌려 강물을 본
다. 아직 여름에 푸른빛이 어설프게 남아 가을 해를 애태운다.

S극과 N극

어느 날, 이웃 가까이 지냈던 나보다는 몇 살 위의 아줌마와 시장을 함께 가기로 하고 집을 나섰다. 명동 근처 횡단보도에서 신호가 바뀌기를 기다리고 있는데 갑자기 아줌마가 내 손을 툭 치며 화들짝 놀란 얼굴을 한다.

"저 사람 좀 봐, 건너편 보이는 저 사람이 제비야."

하고 속삭였다.

아줌마의 빨갛게 상기된 얼굴을 보면서 맞은편 신호등 아래서 있는 여러 사람들 중 유난히 깔끔해 보이는 훤칠한 키의 남자를 유심히 보았다. 제비가 도대체 어떤 사람이기에 여자들을 홀릴까 하고 궁금했다. 신호등이 바뀌고 횡단보도를 건너가면서도 아줌마는 고개를 숙이고 내 팔을 꼭 끼면서도 눈빛은 그 제비라는 남자를 따라가고 있었다. 내 시선도 멋스러운 차림새의 남자의 뒷모습을 따라가고 있었다.

나는 가까이 보이는 찻집으로 들어가자고 졸랐다. 아줌마는 신이 나서 제비에 대해서 재미있는 이야기를 몇 가지 해주셨다. 시장 보는 것도 뒤로 미루고 한적한 찻집 유리창 옆에 자리를 잡고 앉아서 계속되는 제비 이야기가 재미있고 호기심이 생겼다. 다음에 그 남자가 일하는 곳으로 가 보자고 아줌마와 약속을 했다.

그날 이후 이럭저럭 그곳엔 가보지 못하고 말았지만, 남자와 여자는 S극과 N극 같은 자석의 의미를 생각하게 했다. 제비가 일하는 유흥업소엔 유난히 아줌마들 고객이 많고, 애인도 여러 명 된다고 했다. 나는 놀라서 물었다. 그 사람이 얼마나 정력이 센 남자기에 그렇게 여러 여자를 상대하느냐고 물으니 그 남자를 좋아하는 여자들 모두를 몸으로 상대하는 것이 아니며, 때로는 제비도 돈을 쓰며 만나는 애인도 있다고 했다. 대부분의 여성 고객들은 혼자 찾아와서 제비와 춤도 추고 남자의 외모에 반해 노래를 듣고 앉아 매상을 올려 준다고 했다. 아줌마 고객들의 이야기를 친절하게 다 들어주는 등 아무튼 제비는 여자를 대하는 매너가 좋아서 그냥 가만히 있어도 여자들이 따른다고 했다. 그리고 제비도 가정이 있어 부인과 아이들이 있다고 했다. 결국 제비라는 것도 일종의 직업인 셈이다.

지역마다 대형 찜질방이 성황을 이루는 이유에는 남녀가 함께 갈 수 있어서 더욱 많은 사람들이 이용하기 때문이라는 생각이 든다. 몇 년 전에 성했던 여성전용 찜질방은 옛날 가마솥에 엿을 만드는 온돌방처럼 달구어진 온도로 인해 바닥은 물론 방안의 공기도 뜨끈뜨끈했다. 황토나 약쑥 냄새가 나는 방바닥에 눈을 감고 반듯이 누워있으면 몸의 세포 구멍마다 송골송골 땀방울이 솟아나면서 뼈 속까지 시원했다. 흥건하게 흘러나온 땀방울들을 말끔하게 씻어내고 조명이 은은한 휴게실에서 옆사람에게 방해될까 조용히 눈을 감고 비몽사몽 잠을 자다 깨다 하면 뼈 속까지 가볍다. 시원한 휴게실에서 한잠 자고 다시 이십 분쯤 흠뻑 땀을 내면 몸이 날아갈 듯 시원하다. 어둑한 실내에서 서로에게 방해가 될까 조심했다. 동시에 마음도 몸도 가뿐해졌다. 도심 속에선 점점 더 대형화된 사우나가 생긴다. 넓은 공간에 최고의 시설을 자랑하지만 남자와 여자가 함께 있는 공간은 어딘가 차분해지지 못하고 들뜬 느낌이다.

여자들만의 친목 모임 자리에서의 일이었다. 이름 있는 절에서 다년간 수행했다는 사람을 초청해서 좋은 말을 기대했다. 젊은 남자는 입담이 구수하고 밉지가 않았다. 나를 비롯해 아줌마들은 이야기 주제는 무엇일까? 기대하고 있으려니 남자는 느닷없이

"보살님들 보시 좀 하시소."

했다. 주변의 아줌마들이 파안대소하며 웃는데 정작 말한 본인은 웃지도 않고 태연했다. 남자의 예의 없는 듯한 말에도 구수한 사람으로 공감하며 즐거운 시간이 되었다. 어느 곳에서나 남자와 여자가 함께 어우러져 마주 보며 웃는 모습은 자연스럽고 즐거워 보인다.

평생을 아옹다옹하며 못해준 트집만 잡고 싸우면서 몇 십 년을 무사히 정년퇴직하고 집에서 심심하다고 하는 남편을 보면서 나는 이런 말을 한다.

"여보 차 좀 깨끗이 세차해서 당신이 좋아하는 아줌마들과 식사도 함께 하고 좋은 찻집에서 차도 마시고 노래방도 함께 가시고 술은 조금만 하면 좋겠어요."

인심 쓰듯 그렇게 말하면 남편은 버럭 화를 낸다.

"이 사람이 나이가 먹더니 못하는 말이 없어."

나는 속으로 입을 삐죽 내밀며 중얼댄다.

"자기 심심할까 봐 한 말인데, 평생 술만 먹더니 멍석 깔아 주니까 괜히 화내고 야단이야."

남편의 겨울 속옷은 몇 년씩 입어도 신축성과 보온성이 좋다. 팔소매가 길게 늘어난 내복 소매를 잘라서 햇볕이 잘 드는 베란다 빨래줄에 반듯하게 말린 것을 건네주며 흐뭇한 눈웃음을 친다.

"여보, 이거 당신 잠 잘 때 입으라고 내가 당신 팔에 맞게 디자인했어."

남편의 표정은 값진 선물을 줄 때처럼 진지하다. 그런 남편의 표정은 어린아이 같다. 남편의 잘 입지 않는 좀 낡은 겨울 내복을 날씨가 스산하고 추울 때면 잠자리에 잠옷으로 입고 잔다. 꼭 맞는 내 속옷을 입었을 때 보다 보온성도 뛰어나고, 구수한 남편 냄새도 나는 듯하고 몸이 편해서 숙면을 취한다. 이제 자연스럽게 남편의 헌 내복은 내 잠옷이 되었다.

　흰머리가 드문드문 생겨나도 나는 남자를 좋아하는 어쩔 수 없는 여자다.

억겁의 인연

나는 한 사람의 엑스트라처럼 사람들 틈에 서서 엄숙히 진행되는 장례의식을 보고 있었다. TV 연속극을 보면서도 줄줄 흘러내리던 그 흔한 눈물도 이 사람의 죽음 앞에선 한 방울도 나오지 않는다. 상주들은 어정쩡하게 지루한 2박 3일을 넘겼다.

고인은 술주정이 심한 아버지와 무뚝뚝한 어머니 사이에서 장남으로 태어났다. 어머니를 닮아 말수가 적었고 아버지를 닮아 술주정이 심했다. 첫 번째 부인과의 사이에서 자식을 두지 못했다. 고인의 조강지처는 대를 잇기 위해 씨받이 여인을 얻어 드렸다. 실질적으로 집안의 가장이었던 첫 번째 부인은 자식이 없더라도 돈이 있어야 힘이 된다는 일념으로 궂은 일이라도 돈이 된다면 무엇이든 했다. 여인은 애써 돈만 벌어놓고 써보지도 못하고 중년의 나이에 유명을 달리했다. 고인은 본처가 죽고 난 후부터 스스로 삶을 포기한 듯 문 밖 출입을 하지 않는 날이 많아지면서 더욱 말수가 적어졌다. 조강지처가 살아 있을 때 친목계 모임 등 부부 동반으로 이웃과 어울려 여행을 다니기도 했었다. 유난히 장사 수완이 좋았던 고인의 조강지처는 평생 놀고 먹으며 술주정을 일삼는 남편이라도 그 위신을 세워주었었다.

씨받이로 들어온 여자의 첫 남편은 가난을 비관하여 자살을 했다. 청춘의 나이에 과부가 되어 끼니조차 힘든 여자는 아이가 없는 부잣집에 아이를 낳아주면 목돈을 받기로 했다. 여자는 서른을 넘기도 전에 아이들을 네 명이나 남겨놓고 죽은 첫 남편을 원망할 여유도 없었다. 특별한 장사 수완도 없었던 터라 몸뚱이라도 팔아서 눈이 시퍼런 아이들 입에 풀칠이라도 해야 한다는 일념으로 정실부인이 살아 있는 남자의 술주정을 받으며 살아야 했다. 고인은 수년 동안 여자의 집을 드나들었지만 아이는 생겨나지 않았다. 술버릇이 고약했던 고인은 여자의 자식들이 보는 앞에서 당당하게 술주정을 하며 큰소리를 쳤다.

만상제 역할을 하던 여자의 큰아들은 의붓아버지가 죽은 후 장례식장에서 취기가 돌자 본심을 드러냈다.

"어릴 때 술주정을 하는 아버지가 미워서 죽이고 싶었어요."

그 눈빛에는 살기가 어렸다. 여자의 아들들은 죽은 남자의 친척들에게 눈길도 주지 않았다. 그동안 중년이 된 여자의 아들들은 직장 동료들을 대형 버스로 단체 문상을 오게 했다. 친구나 직장 동료들 사이에서 어머니의 이야기는 비밀에 부쳤을 것이다. 문상객이 없어 비어 있던 방에 화투판이 벌어졌다.

의붓아버지가 남겨놓은 억대의 유산을 고인의 형제들에게 빼앗길까 우려했을 것이다. 부인과 아이들까지 열댓 명이 함께 몰려왔다. 기세등등하게 빈소를 장악하고 씩씩하게 오고 갔다. 영정 앞에서 눈물을 흘리는 사람은 없었다. 배운 것도 없이 어린 나이에 객지로 떠돌며 가정을 이룬 여자의 아들들에게 의부가 남겨 놓은 억대의 현금과 아파트는 큰돈이 아닐 수가 없다. 적어도 어머니의 노후는 걱정하지 않아도 되며 소규모의 사업 자금으로도 활용할 수도 있는 일이다.

고인의 친형제들 사이에서는 싫은 소리가 오고 갔다.

해마다 조상의 묘지에 금초는 누가 하느냐, 여유가 있는 형제는 조상의 묘를 돌보는 일이 혼자서는 벅찬 문제라고 불평을 하고 가난한 형제는 짜증을 냈다. 어린 조카들이나 동생들에게 마음조차 인색했던 남자는 이 세상을 마지막 떠나는 날 받아갈 정 조차도 없는 듯하다. 그의 죽음 앞에 눈물 한 방울조차 흘려주는 사람이 없는 것은 당연한 것인지도 모른다. 삼십 년 넘게 함께 살았던 씨받이 여자도 남자의 생명 연장을 위해 한 푼도 쓰려 하지 않았다. 숨이 끊기는 날까지 지루한 인내심으로 지켜보며 입에 떠 넣어주는 몇 수저의 음식이 전부였다. 손 하나 움직이지 못하고 말도 못 하며 몇 달을 버틴 남자에게 혈육의 끄나풀조차 이어지지 않았던 여자가 어떻게 대했는지 직접 본 사람은 아무도 없었다. 여자는 남자가 거동도 못하고 말도 못 하는 상황에서 자신의 남아 있는 삶을 위해서 극도로 절약했다. 고인의 병을 호전시켜 생명을 연장해 보려는 노력은 보이지 않았다. 아파서 애쓰는 모습보다는 하루라도 빨리 죽는 것이 환자 본인도 더 편할 것이라며 속내를 보였다. 고인은 고통 속에서도 조금이라도 더 살아야겠다는 생각이 간절했을 것이다. 그의 조강지처가 살아 있었다면 남편을 살려보겠다는 일념으로 호전될 희망이 없더라도 시설이 더 나은 병원으로 입원을 시켰을 것이다.

여인은 자식들에게 떳떳하고 싶어 했다. 그 아들들 또한 의부가 한 푼도 남겨주지 않고 자신들의 엄마에게 심한 술주정으로 괴롭히는 일이 많았다면 의부의 장례식에 몰려오지도 않았을 것이다. 여인은 삼십 년이란 긴 세월 동안 노후 생계비를 저축한 셈이 되었다.

고인은 조강지처가 죽은 지 이십오 년 만에 눈을 감았다. 먼저 죽은 부인의 무덤을 파서 화장을 한 후 합장을 했다. 생전에 성당을 나가지 않았던 두 사람은 씨받이 여인의 배려로 천주교 납골 묘지로 함께 갔다. 씨받이로 들어와 대를 이어주지 못하고 재산만 상속받는 미안함을 조금은 덜은 셈이 되었다. 간병인의 의무를 깔끔하게 마무리한 여자는 상기된 표정으로 눈물조차 흘리지 않았다. 부조금이든 소지품 가방을 어깨에 둘러맨 여자의 모습은 무거운 짐을 내려놓은 해방감으로 주변 사람들에게 보여 주어야 할 슬픈 표정의 연출조차 잊은 채 사람들 사이를 분주히 오고 갔다. 맏아들로 태어나 대를 잇지 못했던 한 남자에게 연결되었던 아름답지 못한 인연들은 그가 일점의 혈육도 없이 생의 마침표를 찍으면서 정리가 되었다.

생계를 위해 몸을 팔아 자식들을 지키려 했던 여인도 마지막 시신은 아들의 손에 의해 먼저 죽어 뼈조차 삭아버린 첫 남편에게로 돌아갈 것이다.

황혼 이혼

　독일의 어느 철학자는 모든 죄의 원인은 말 때문이라고 했다.

　칠십이 넘은 노부부의 이혼 소송이 몇 번인가 TV 뉴스에 화제가 된 적이 있었다. 젊어서부터 남편의 날카로운 잔소리와 가사노동에서 벗어나서 남은 시간 조금이라도 자유롭게 살고 싶은 것이 할머니의 소망이라고 했다. 법원은 어떤 판결을 내렸는지 잘 생각나지 않는다.

　이야기 도중 상대에게 그 자리에서 면박을 주거나 비판을 하는 대화, 무시당하는 대화, 상대방의 말은 들은 척도 하지 않고 전혀 딴소리하는 대화는 서로에게 벽을 만들 뿐이며, 돌아갈 수 없는 먼 길을 떠나게 하고 만다.

　남자는 늘 불만이 가득하고 어쩌다 몇 마디 말이 오고 갈 때는 마음속에 있던 불만들로 상대방의 말은 들은 척도 하지 않고 험한 표정으로 폭력 일보 직전까지 간다. 그동안 재산을 모으지 못한 것은 여자의 탓이라고 야유를 하며 위험천만한 것들을 여자를 향해 던진다. 그런 상황에서의 여자는 독에 갇힌 쥐 새끼처럼 사지를 오그리고 머리와 심장은 오그라드는 공포를 감내해야 한다. 반복되는 싸움에서 무엇이든지 심한 비판적인 말들로 여자의 마음에 심한 상처를 준다. 여자는 폭력이 무서 워 침묵을 지키면서도 남자의 말을 인정하지 않는다. 방어 태 세를 취할 뿐이다. 남자와 여자는 호감과 존중 대신 서로를 경 멸한다.

어느 구석 하나 따뜻함이 없는 집안의 공기, 오래된 냉장고를 열어 본다. 찬 기운이 마음을 시리게 한다. 아이들이 어린 시절, 냉장고에 꽉꽉 들어차 있던 먹거리들, 지금은 음료수조차도 없 다. 아무도 서로를 생각할 여유가 없다. 아니 서로가 알면서도 모르는 척 한다. 생활은 각자 해결하도록 싸늘한 침묵이 돈다. 가족이라는 울타리는 이미 무너져 버렸다. 이젠 누가 누구에게 짐이 될까. 선을 그어놓는 말을 망설이지 않는다. 너는 왜? 라 고 하는 말은 상대에게 깊은 상처만 남는다.

"이제 앞으로 어떻게 살 거야?"

생활비로 고심하는 여자에게 남자는 조소 섞인 질문을 던진 다.

"당신이 먹여 살려야 되는 거 아니우? 당신이 이 집 가장 아 니우?"

남자의 대답은 간단했다.

"에이~ 시~, 내가 왜 책임져?"

여자는 생각한다. 이 남자에겐 더 이상 내가 할 말이 없다. 꼬리에 꼬리를 물고 늘어지는 말들은 점점 치유되기 힘든 깊은 상처일 뿐이다.

결혼 후 직업과 육아 가사를 모두 병행하며 살았던 여자, 몸에 무리가 갈 정도로 과로하는 생활이었다.

"당신 아무것도 없는 놈 만나서 정말 수고했어."

"어머니 감사합니다."

여자는 그런 아름다운 말들을 간절히 듣고 싶었는지도 모른다.

남자와 여자의 처음 만남은 연인으로, 자녀들을 키우는 시기는 하나의 목적을 함께하는 동료로, 노년에는 친구로, 생각하며 서로를 존중해 줌으로써 부부의 의미가 있을 것이다.

이혼 소송을 했던 노인들의 모습이 생각난다. TV에 얼굴을 모자이크 처리해서 등만 보여 주던 칠십 노부부의 휘어진 등뼈와 깡마른 다리가 눈앞으로 클로즈업 된다.

남은 시간이라도 영감의 날카로운 잔소리와 가사노동에서 해방되고 싶다던 할머니의 말이 가슴을 아리게 한다.

일출

행정부의 내로라하는 경제전문가 전략에도 나라 경제가 하향길로 들어선 지 수년이 지났다. 이제 더 이상 기초 생활이 흔들리는 서민들에게 여행은 사치일 수밖에 없다.

모처럼 일상에서 벗어나 떠나는 문학기행에 동참한 내게 감추사 앞바다의 일출을 보는 것은 희망을 기원하려는 마음이기도 했다. 억지로 눈을 감고 잠을 청하지만 잠이 올 리 없다. 안정되지 못한 생각으로 눈을 뜨고 사물을 본다는 것은 너무나 피곤하기 때문이다. 회원들 간의 친선과 화합의 시간인 노래방에서도 슬그머니 자리를 떠나 혼자서 숙소로 돌아오고 말았다. 단체 행동에서 혼자 빠져나온다는 것은 여러 사람들에게 좋은 느낌을 줄 수 없다.

잠을 설치고 찾아간 감추사 앞 바다에서 떠오르는 탁구공만한 해가 모습을 드러내기 전 일행들과 뚝 떨어진 나는 바다와 하늘이 마주친 동쪽 하늘을 주시하며 꼼짝도 하지 않았다. 축축하게 젖은 모래사장에서 올라오는 으슬으슬한 습기는 온몸을 한기로 떨게 했다. 평소에도 아픈 다리는 심한 통증을 전해왔다. 암자에서 준비한 차를 마시러 오라고 손짓을 하지만 막연하고 암울한 현실에 숨통이라도 뚫어보고 싶다는 간절한 마음으로 나는 두 손을 모았다. 내게 안겨올 행운을 받아들일 자세로 일출을 바라봤다. 해가 솟아오르는 순간을 놓치지 않으려는 마음은 초조하기까지 했다. 어느 순간 불끈 솟아올라 따뜻한 열기가 내 품까지 전해지기까지 바다의 동쪽 하늘은 오렌지빛 조명으로 은은하게 무드를 잡았다. 되는 일이 없다는 요즘 세상, 무속인들도 떠오르는 해를 향해 소원을 비는 의식이 미명 속에서 행해지고 있었다. 해가 처음 떠오르는 순간에도 경이롭지만 활짝 퍼진 햇볕의 온기는 음산하던 감추사 앞 해변을 밝게 만들었다.

해가 떠오르는 장면과 느낌은 어느 곳에서 보는가에 따라 사뭇 다르다.

유년 시절, 나의 외갓집은 마을에서 제일 앞줄에 위치해 있었다. 한국농촌의 전형적 가옥 구조로 지어졌던 집의 구조는 안방 문을 열면 두텁고 단단한 마루가 높다랗게 있었다. 마루는 문이 없어도 그 쓰임은 다양했다. 여름이면 그 마루에서 온 가족이 저녁식사를 함께하였고, 귀가가 늦는 가족을 기다리기도 하였다. 옹이가 몇 개씩 박혀 있는 나무는 표면이 고르지 못해도 마루는 반들거렸다. 대청마루 중심을 받치는 한 아름이나 되는 소나무 기둥은 더욱 듬직했다. 몸집이 작은 여자 아이가 대청마루 위로 올라가려면 몸의 절반을 굽히며 사력을 다해야 했다. 그곳에서 느끼던 사계절의 장면들은 너무 아름다웠다. 그 중에서도 잊을 수 없는 풍경은 아득한 지평선과 하늘이 마주친 아주 먼 곳에서 해가 떠오르는 장면이었다.

닭들의 울음소리와 함께 문창호지를 통해 새벽이 밝아오면 더 이상 잠이 오지 않았다. 마을 앞의 작은 채소밭을 지나고 자동차가 지나다니는 신작로를 지나 제법 물살이 센 마을 농수로 위에 놓인 짤막한 다리를 건너면 한 장의 지도를 펴 놓은 것처럼 논과 논 사이로 구불구불한 논두렁이 나왔다. 그곳을 지나 다시 큰 바위들을 밟고 껑충껑충 뛰어가다가 물살에 반들반들 해진 자갈밭을 조금 걸으면, 깨끗한 모래가 들여다보이는 제법 넓은 냇물이 흘렀다. 큼직큼직한 돌다리를 만나면 신발을 벗고 치맛자락을 홀쩍 치켜들고 물이끼를 밟지 않아야 넘어지지 않았다. 조심스럽게 그 냇물을 건너 경사진 길을 한참이나 걸어 가면 큰댁 외할아버지가 사시는 동네가 나타났다. 아침 해는 그보다 더 멀리 어딘가에서 솟아올랐다. 다시 논밭을 지나 끝없이 가야 했을 것이다.

해가 솟아오르기 전 동쪽 하늘은 오렌지 빛으로 붉게 물들었다. 어느 순간 불끈 솟아오른 해가 찬란하게 반짝이는 사이로 허연 꼬리가 달린 작은 물체가 쏜살같이 달렸다. 뭉게구름 같은 뽀얀 먼지를 일으키며 헬기는 커다란 독수리처럼 하늘로 날아갔다. 이런 아침의 장면들은 엄마 품속처럼 아늑하고 마음을 평화롭게 했다. 십 여리가 조금 못 되는 학교로 아침 햇살을 받으며 가는 길은 사계절 싱그러운 냄새들로 가슴이 벅찼다.

　함께 간 지인들은 차 대접을 받으려 암자로 모두 들어갔다. 혼자 있는 나에게 눈총을 주는 동료를 향해 나는 은근한 미소를 보냈다. 사람마다 삶의 형태가 다른 것을 나 아닌 누가 이해할 것인가. 바다 속에서 솟아오르는 듯한 일출은 산고의 고통처럼 아주 조금씩 모습을 드러내며 붉은 기운을 토해 냈다. 햇빛의 따사로운 느낌이 전해올 때까지 넋을 놓고 서서 새해 나에게 안겨올 행운을 한 아름 받아 들고 바다 동쪽 하늘을 바라본다.
　동해의 일출은 잘 익은 홍시처럼 솟아올랐다.

통일호 열차

통일호 발차 시간 이십여 분을 남기고 개찰구가 가벼운 금속
음을 내며 열렸다.

열차가 정지된 곳까지는 좀 거리감이 있다. 종종걸음을 걷는
사람, 팔을 휘두르며 부지런히 걷는 사람⋯⋯, 6호 칸에 오르기
위해 나도 숨차게 걸어야 했다.

나는 앞사람을 따라 부지런히 걸음을 옮겼다. 내 앞에 빠르게
가던 아주머니는 5호 칸으로 올라갔다. 이제 나보다 앞서가는
사람은 아무도 없다. 나는 갑작스러운 두려움에 뒤를 돌아보고
싶어졌다. 멀찍이 떨어진 거리에서 한 무리의 사람들이 여유
롭게 걸어오고 있었다. 숨이 차도록 빠르게 걸어가던 내 꼴이
갑자기 쑥스러워진다.

기차에 올라 내 번호가 적힌 좌석을 두리번거리며 찾았다. 다
행스럽게도 창 쪽이었다.

창밖을 볼 수 있어서 기분이 한결 좋아졌다.

열 명쯤 되는 건장한 남녀 학생들이 우르르 기차 안으로 올라 탔다.

"15번부터 25번까지야 모두 이리 와."

기차 안이 꽉 찬 듯 소란스럽다. 나는 지난번 통일호 기차를 탔을 때를 생각하며 학생들의 좌석을 훑어보았다. 저 학생들이 지나치게 떠들지 말아야 할 텐데……. 생각을 하니 미리부터 짜증이 난다. 학생들은 공공질서를 지켜 달라고 당부하는 안내 방송이 무색하리만큼 통로를 왔다 갔다 하며 소란을 떤다.

기차 여행은 내게 귀중한 시간이 된다. 그동안 읽고 싶었던 책도 읽어볼 수 있고 창밖 정경을 바라보며 생각을 정리할 수도 있기 때문이다. 혹시 저 젊은이들이 떠들기라도 하면 내 작은 기쁨은 무산되고 만다.

무릎 위에 펼쳐 놓았던 책으로 시선을 떨구며 옆자리를 본다. 열차가 출발한 시간이 다 됐음에도 옆자리의 주인공은 나타나지 않는다. 나는 가방을 올려놓은 채로 읽던 책에 눈길을 돌렸다. 몇 줄을 읽었는지 산만하기만 하다.

드디어 제법 체격이 좋아 보이는 얼룩무늬의 군복을 입은 아저씨 한 분이 내 자리로 오더니 열차 창문 고리에 노란색 비닐봉지를 걸어 놓는다. 숨을 헉헉 몰아 내쉬는 폼이 술 몇 잔을 걸친 노인의 걸찍한 숨소리였다.

나는 공연히 또 짜증이 나서 코를 킁킁대며 냄새를 확인하고는 창밖을 내다보았다.

옆자리에 아저씨가 방금 걸어놓은 노란 비닐봉지가 눈에 거슬려서 확 잡아 내리고 싶다.

"저, 아저씨 이 봉지 내려 놓으셨으면 좋겠어요. 밖이 안 보여 답답하네요."

"으응, 그래 그러면 내려놓지 뭐."

엉거주춤 일어서는 아저씨 배가 달찬 임산부처럼 불룩 튀어나와서 내 앞을 가린다.

나는 잔뜩 찌푸린 표정으로 그제야 어떻게 생긴 군인이기에……, 하고 생각하며 고개를 돌려 옆에 앉은 아저씨를 흘끔 쳐다보았다. 연세가 높아 보이는데도 군복을 입고 가슴에는 여러 가지 훈장 같은 것을 달고 있었다.

머리카락 반쯤은 빠져버린 듯 앞이마 부분엔 눈썹을 비롯해 털이라는 것이 보이지 않는다. 안경 너머로 보이는 눈은 금방이라도 튀어나올 것 같아 불안하다. 흡사 개구리눈을 연상케 한다. 두툼한 입술은 술을 마시고 손으로 썩썩 비빈 자국처럼 번들거린다. 투박한 입술 사이로 길게 튀어나온 치아 색깔은 누렇고 더 노랗고 약간 흰색을 띤 것도 있었다. 아무리 꼭 다물려고 해도 닫히지 않는 입모습이다. 이마 한 쪽은 더 번들거리며 작은 흠이 파인 자리가 여러 개 있었다. 무엇을 맛있게 잡수셨는지.

"어 흐흠 허 허 쩝쩝."

한시도 그 입을 가만두지 않는다. 거기다 한술 더 떠서, 크응

쿵 코가 막힌 듯이 숨을 자주 들이마신다. 나는 내 자리를 조금
더 창가로 좁혀 되도록 아저씨와 멀리하려 애썼다.

물론 아저씨와 나 사이엔 가방으로 선을 딱 세워 두었다. 옆
자리에 아저씨는 내가 조금씩 좁혀 앉으니 더 편하신지 그 커
다란 궁둥이를 움직이며 더 편안한 자세로 들어앉는다. 나는
꼭 무슨 냄새(술, 음식, 입 냄새, 발 냄새)라도 나는 것 같아 숨
을 들이쉬며 신경을 곤두세웠다.

그런데 이상 하리 만치 아무런 냄새도 나지 않았다. 뭔가 입
에 묻어 지저분해 보이는데도 냄새가 나지 않으니 그것도 좀
예사롭지 않다. 잡다한 소음, 쿵쿵대는 소리, 쩝쩝대며 입맛 다
시는 소리, 아까 창문에 걸어 두었던 노란색 비닐봉지를 자주
뒤적거리는 소리에 나는 아예 책 읽기를 포기하고 창밖을 내다
보려 한다.

오후 3시 50분에 떠나는 열차는 한껏 따가운 가을 햇살이 유
리창으로 들어와 눈이 부시다. 창문 가리개를 내려놓으니 자리
는 더욱 숨이 막힐 듯 답답하다. 눈 아래로 아저씨의 구두가 보
인다. 요란스럽게 차려입은 군복과는 어울리지 않게 신사화를
신고 있었다. 구두는 새로 산 것인지 깔끔하다. 아저씨는 또 허
리를 땅에 굽혀 비닐봉지를 뒤적거리고 있었다. 사탕 두 알을
꺼내서 나에게 주면서,

"먹어 사탕 맛이 아주 좋아"

사탕 껍데기에 땅콩사탕이라고 상표가 붙어 있다. 평소에 허

브 사탕만 좋아하는 나는 사탕에 붙은 땅콩이 이 사이에 붙을까 봐 약간은 망설여졌지만 사탕 포장을 뜯어 입에 넣고 우물거려본다. 의외로 맛이 좋다. 달기만 하지 않고 고소한 맛이 느껴진다. 사탕이 다 녹을 때쯤에서야 나는 마음이 좀 누그러지는 것을 느낀다.

"아저씨도 군인이세요? 죄송합니다. 연세가 어떻게 되세요?"

"아니지 난 전역이지 나 올해 칠십 오세야"

"그런데 군복은 왜 입으셨어요?"

"나는 지금 서울에서 이라크 파병 안에 찬성하는 시위를 하고 오는 길이야. 전국에서 6만 명 가량이 종묘공원에 모여 광화문까지 행진을 했지."

침이 튀어 내 얼굴에라도 묻으면 어쩌나 하는 생각에 나는 더욱 바짝 몸을 움츠리며 묻는다.

"아저씨 가슴에 달으신 것은 훈장 같은데요, 어떤 훈장이에요?"

"음, 훈장이지 훈장이고 말고."

가슴에 무려 여덟 개나 달고 있었다. 하나하나 훈장에 이름을 물어보는 나에게 기차 안이 들리도록 자랑스럽게 설명을 하신다. 어깨와 옷깃에 알 수 없는 여러 모양의 배지가 달려 있다.

"전쟁 때 내가 열여덟 살이야, 기갑전차 운전병이었지…….말도 말아. 내가 아무도 가기 싫어하는 최전방으로 가겠다고 손을 들었지. 난 적군들과 막 싸우고 싶었는데……. 내가 서울에서 살았거든."

전쟁 이야기 피난민 이야기, 노병의 얘기는 끝이 없다.

"할아버지는 왜 이라크 파병 안을 찬성하세요? 저는 반대하는데요."

"반대? 그러면 빨갱이지 반대하는 사람은 모조리 빨갱이야."

노인은 서슴지 않고 엄청난 발언을 한다. 노인은 파병 문제를 반대한다는 나를 빨갱이라고 한다. 참 이상하다. 그런 말을 들어도 화가 나지 않는다. 아마 젊은 사람이 그런 말을 했다면 나 또한 가만있지 않았을 것이다.

노인이 보낸 그 세월만큼이나 모든 언행이 용서가 된다.

"그러면 할아버지 아드님이 군인이라면 보내 실 거예요?"

"암 보내야지. 보내고 말고 군인이 뭐 하는 건가. 군인은 그저 전쟁터에 가서 막 죽어야 돼. 그래야 군인이지. 암 나라를 위해 싸우다 죽어야하고 말고."

나는 더 이상 논쟁에 의미가 없어졌다.

"아드님들은 무엇을 하세요."

"내 아들은 여섯이야. 자네 춘천 어디 사나? 우리 집은 효자동이네. ○○○탕 집 알지? 유명하지. 그게 내 큰 며느리가 하는 거야"

알만하다. 이름이 꽤 알려진 음식점이다.

"내 아들들은 전국에 쫙 깔려서 다 음식점을 하고 있어 아주 돈을 잘 벌어."

나는 점점 궁금한 게 더 많아졌다.

"나라에서 돈이 나오나요?"

"암 나오고 말고 한 달에 백오십만 원이야. 죽으면 안 사람에게 절반이 나오지."

"와 그렇게 많이 나오세요?"

"그럼, 육이오 참전용사니까."

국가 유공자에게 매달 지급되는 연금에 총액수는 대단할 것 같다.

"언제부터 그렇게 연금을 받으셨어요, 사모님은 계신가요?"

"집 사람은 죽었지, 삼 년 전이지."

"어머 사모님이 계셨으면 참 좋으셨을 텐데"

난 갑자기 고인이 된 아주머니가 측은했다. 필경 고생만 했을 거다. 저 큰소리 치는 남편과 아들 육 남매를 키우시느라 오죽했을까?

"내가 연금을 받기 시작한 것은 2001년도부터야. 그때 내가 대통령을 만나러 청와대 갔었는데 몇 번을 가도 만나 주지 않았지"

"할아버지 오래 살으셔야 되겠네요. 용돈도 넉넉하시고."

"그럼, 난 어디 아픈데 없어 건강해."

이제 노인의 스토리는 다 들은 셈이다. 아주 건강하시고. 6.25 참전 용사로 전쟁 중에 부상을 당했고 함께 전쟁에 참전한 사람일지라도 건강하게 돌아온 사람은 월 오만 원을 받는다는 것, 할아버지처럼 몸을 다친 사람은 월 백오십만 원씩 받으니 그만한 돈이면 웬만큼 넉넉해서 자식들에게 용돈을 타 쓰지 않아도 된다는 것이다.

초가을 해는 여우꼬리만큼 짧다.

다 여물지 못한 벼 이삭들이 짧은 해를 아쉬워하며 하늘을 향해 한껏 발돋움한다.

밭에 심은 김장 배추는 시퍼렇게 흐트러져 언제 노르스름한 속잎을 다질지 기약이 없다.

나뭇잎은 엉거주춤 아직 단풍 단장을 못한 채이지만, 그 상태도 아름답다. 하늘이여 더 따뜻한 햇볕을 주소서 열매를 맺게 하소서 나는 가을 들판을 향해 감히 축복 기도를 올린다. 딸아이와 저녁 식사 약속을 한 강촌역이 가까워짐을 알리는 안내방송에 내릴 준비로 몸을 조심스럽게 움직인다.

할아버지는 그 사이 잠이 들으셨던지 두툼한 입을 한껏 벌리며 하품을 한다. 튀어나온 기다란 앞니를 다물려는 표정에 나는 아이들처럼 웃음을 참지 못한다. 눈을 뜨자마자 사탕 봉지를 또 뒤적거리고 입맛을 다시는 소리가 들린다.

"할아버지 저 내릴게요. 오래도록 건강하세요."

"그래요 잘 가요."

할아버지 표정은 살아온 세월에 무게처럼 둔탁하다. 그 얼굴엔 작은 주름은 이미 없어졌다. 굵고 깊게 패인 세월만 남아 웬만한 일엔 미동도 하지 않는다.

기차를 타면 옆 좌석에 어떤 사람이 타느냐에 따라 그날 기분은 달라진다. 특히 완행열차를 타면 덜거덕 소리를 내며 오래된 선로 위를 힘겹게 달리는 기차 깊숙한 의자에 등을 기대고 내다보는 창밖의 풍경은 사계절 어느 때나 잔잔한 설렘을 갖게 한다.

이 열차도 경춘선을 오고 가던 모든 사람들에게 이제 추억의 한 페이지가 될 것이다.

강촌 역은 방금 기차에서 내린 젊은이들로 소란스럽다. 민박 손님을 붙잡는 아주머니의 눈동자가 잠시 내게 머문다. 부산한 학생들 틈에 서 있는 내 세월을 헤아려 보기라도 하듯, 나는 황급히 눈을 돌려 강물을 본다. 아직 여름에 푸른빛이 어설프게 남아 가을 해를 애태운다.

해신당 공원

새 천년 도로를 달리며 바라보는 동해바다는 태초의 모습처럼 오염되지 않았다.

오후의 눈부신 햇살을 받으며 도착한 해신당海神堂 공원으로 향하는 길목에 서 있는 밤나무, 그 특별하다는 밤꽃 향기가 가득하다.

삼척시 원덕읍 갈남리 신남 마을에 위치한 해산당은 산기슭에 큰당이라고 불리는 성황당이 있고, 마을 앞쪽 바닷가 언덕 위에 작은 당을 달리 부르는 명칭이다. 큰당인 성황당에는 남신을, 작은 당인 해신당에는 여신을 모시고 있다. 2000년 동해안에 큰 산불이 나는 바람에 모두 소실되었는데 2006년에 다시 복원하였다.

신남 마을은 전형적인 어촌마을이다. 매년 정월 대보름날이 되면 마을 어촌 계원들이 남근을 깎아놓고 해신海神에게 제사를 지낸다. 동해안에는 성황당에 남근을 깎아놓고 제사 지내는 풍습이 많다. 그중 아직까지 남근을 숭배하는 풍습이 잘 보전되어 있는 곳은 삼척 해신당이라고 한다.

남근으로 제사 지내는 유래와 관련하여 슬픈 전설이 있다.
　옛날 신남 마을에 결혼을 약속한 애랑 처녀와 덕배 총각이 있었다. 어느 날 애랑은 덕배가 태워주는 배를 타고 해초를 뜯기 위해 해변에서 조금 떨어진 바위섬에 내렸다. 덕배는 다시 태우러 오겠다는 약속을 하고 돌아갔다. 애랑 처녀가 해초를 뜯는 도중 갑자기 폭풍이 불더니 큰 파도가 몰려왔다. 애랑 처녀는 살려달라고 울부짖었지만 험악한 파도에 휩쓸려 바다에 빠지고 말았다. 육지에서는 애랑 처녀가 살려달라고 애쓰다 죽는 모습을 보고 어찌할 바를 모르고 있었지만 애랑 처녀를 구해낼 방법이 없었다. 후에 사람들은 애랑이 빠져 죽은 바위를 애랑 바위라고 불렀다. 그 후 이상하게도 신남 마을 사람들은 고기를 잡지 못했다. 억울하게 죽은 애랑 처녀의 혼 때문이라는 소문이 마을에 돌았다. 고기가 잡히지 않아 시름에 빠진 한 어부가 술을 먹고 우연이 이곳을 지나가다 애랑 바위를 향해 오줌을 누었더니 고기가 잘 잡히기 시작했다. 신기하게 생각한 마을 사람들은 애랑 처녀의 원혼을 달래는 제물로 남자의 상징인 남근을 깎아 사당에 받치고 풍어를 기원했더니 해마다 고기를 많이 잡을 수 있었다고 한다.
　1999년 죽서 문화제의 한 행사로 풍어를 기원하기 위하여 남근 깎기 대회가 열렸었는데, 반대 여론으로 일시 중단하였다가 전래 풍습을 복원한다는 뜻으로 2002년에 다시 부활하였다. 남근 깎기 대회에서 입상한 작품들은 해신당 주변과 언덕 위 조각공원에 줄줄이 전시되어 있다. 다양한 남근의 모양만큼이나 남근 조각공원을 찾은 관람객들의 표정도 다양하다. 이제 남근 조각 작품들은 삼척의 명물이 되었다.

어촌 전시관 안에는 우리나라와 세계의 성민속 문화를 소개하고 있다. 전시품이 제한적이기는 하지만 세계의 성민속을 감상할 수 있었다.

여러 갈래의 길을 돌며 상징적으로 표현된 남근 작품을 곁눈질하다 같이 다니던 문우가 어느 길로 갔는지 몰라 허둥대기도 했다. 걸작들을 들여다보다 대열에서 이탈되기도 하고 제한된 시간이 아쉬웠다.

삼척으로 문학기행을 떠나기 전에 친구를 만났었다. 시간이 되면 함께 삼척의 명소를 돌아보고 오자고 했더니, 며칠 전에 다른 모임에서 친구들과 삼척을 다녀왔다며 자지러지게 웃었다.

"해신당 공원을 꼭 가봐! 어쩜 그렇게 똑같이 만들어놨는지……."

말끝을 흐리며 그녀는 은밀한 포즈를 잡고 흉내를 내면서 너무 재미있어서 많이 웃고 왔다며 꼭 다녀오라고 하였다. 작품은 작가의 손을 떠나면 감상하는 사람들의 생각에 따라 예술성

의 가치관이 달라진다. 어촌 계원들은 전래 풍습을 지키며 풍
어를 기원하지만, 해신당 공원을 찾는 사람들은 해학으로 마음
의 풍요를 찾을 수 있다.

　빠른 속도로 진행되는 동해 삼척 간의 고속도로가 개통되면
삼척이 먼 곳도 아니다.

정 하나 흘리고 간 겨울 비둘기

어제 내린 눈으로 오늘 햇빛은 더 맑고 따듯하게 느껴진다.

우리 집 식구들은 모처럼 한가한 시간이다. 유리창을 통해 들어오는 햇살의 따듯한 온기에 들뜬 기분으로 수다를 떨고 있었다. 그 순간 갑자기. 아……, 하는 작은 환호성이 저마다 흘러나왔다. 집 앞 인도 위에 아직은 어린 티를 벗지 못한 비둘기 서너 마리가 먹을 것이라곤 아무것도 없는 딱딱한 시멘트 위에 앉아 눈을 쪼아대고 있었다. 나는 얼른 주방으로 달려가서 약간의 쌀을 던져 주었다. 새들이 한 톨도 남기지 않고 모조리 쪼아 먹고 돌아다니는 모습이 얼마나 귀여운지 생각 같아선 품에 안고 쓰다듬어 주고 싶었다. 오염되지 않은 산속에서 눈으로 씻은 듯 깃털과 발 주둥이 모두가 깨끗하고 신선해 보였다. 오래전 서울에 어떤 볼일로 갔던 장소에 사람들 틈에서 돌아다니던 매연에 찌든 비둘기들이 생각났다. 도심 속에 사는 새들과 산속에 사는 새들을 잠시 비교해 보며 오늘 날아온 비둘기들의 신선함에 가슴이 시원함을 느꼈다. 새들은 다음날부터는 매일 그 시간쯤이면 어김없이 날아왔다. 올 때마다 새 식구들을 더 데리고 왔다. 참새들도 몇 마리 함께 왔다.

지난달은 유난히 눈이 자주 내렸다, 아마도 먹을 것이 부족했기 때문에 사람들이 사는 곳으로 먹이를 찾아 온 것 같다. 가게 직원들은 기뻐서 어쩔 줄 몰라 하면서도 가까이 다가가지 않았다, 가까이 가면 먹이도 다 먹지 않고 날아갈까 봐 유리창 안에서만 손뼉을 치며 환호했다.

그 많은 집 앞을 지나서 하필이면 꼭 우리 집 앞에만 날아오는지……, 올해엔 행운이 저절로 우리 집에 올 것 같다. 쌀을 뿌려두고 그 시간쯤이면 새들을 기다렸다.

그러나 그 행복은 오래갈 수 없었다. 그날도 정확히 그 시간에 참새 몇 마리와 비둘기 대 여섯 마리가 날아와서 모이를 쪼아대며 한가롭게 돌아다니고 있었다.

그때 한 무리의 학생들이 우리 집 앞을 지나가다가 하필이면 새들이 모이를 먹는 그 장소에 서서 이야기를 하고 있었다. 그 모양은 평화로운 한 폭의 수채화였다. 얼마나 자연스럽고 신선한 장면이었는지 사진이라도 찍어놓고 싶은 그런 기분이었다. 유리창 밖 아름다운 풍경에 도취되어 가슴이 뿌듯해져 있는데, 순간 뜻하지 못한 사건이 벌어졌다. 갑자기 학생들이 발밑에서 아장거리며 돌아다니는 비둘기와 참새를 발을 쿵쿵 굴러 쫓아 버리는 것이었다. 평화는 한순간 날아가 버리고 말았다. 거리

엔 다시 정적이 흐르고 있었다. 내 기쁨을 쫓아버린 그들에게
나는 소리를 버럭 지르고 말았다.

"학생 비둘기를 쫓아버리면 어떡해요. 눈이 많이 오고 추위
에 먹을 것이 없어서 여기까지 찾아오는 새들인데……."

"죄송합니다. 미처 그렇게 생각하지 못했어요."

미안해하는 그들에게 나는 더 이상 할 말이 없었다. 속으로는
너무 미워서 화를 내고 싶었지만 어쩔 수가 없었다. 어쩌면 그
학생들은 나와는 다른 눈으로 자연을 생각하고 바라보는지도
모른다. 요즘은 자연의 아름다움을 느낄만한 기회가 적다. 햇
볕 좋은날 대로변에 날아온 비둘기의 출현쯤은 아무런 감동을
주지 못할 것이다.

나는 자연 속에 기쁨을 느끼며 그 자연을 사랑하고 아끼면서
성장했다.

요즘 젊은 사람들과 어울려 대화를 나누어보면 음식의 맛을
느낄 때, 멋에 대한 기준을 이야기할 때도 생각의 차이점을 느
낀다. 아직도 나는 그 옛날을 배회하면서 살고 있는가 보다.

그 후로 다시는 비둘기와 참새들은 날아오지 않았다. 언젠가
또다시 날아올 것 같은 막연한 기다림과 약간의 먹이를 준비해
놓고 햇살이 따사롭게 비치는 날이면 공연히 큰 소리로 물어본
다.

"그 비둘기 오늘 아침에 오지 않았니?"

"아니요 그 후론 본 적이 없었어요."

진영순

어느새 입춘이 지나가고 해 기운이 포근함으로 감싸온다. 곧 봄꽃이 활짝 피어나 물밀 듯 초록이 솟구쳐 오를 것 같다.

영화 속 아름다운 한 장면처럼 내 마음에 풋풋한 정 하나 흘려놓고 간 비둘기와 참새들, 엊그제 폭설이 쏟아지더니 오늘은 유난히 따사로운 햇살이 비춘다. 겨우내 찬 바람결에 흙먼지와 함께 날아다니던 작은 모래알들마저도 아름답게 반짝인다. 거리의 표정은 한결 여유 있어 보인다. 오늘은 어디선가 기쁜 전화라도 걸려올 것 같다.

한결 수필집 008

어머니 행주치마

초판 1쇄 인쇄 2019년 05월 15일

초판 1쇄 발행 2019년 05월 24일

지은이_전영순

펴낸이_박성호

편집디자인_여우컴퍼니

표지디자인_신영우

펴낸곳_도서출판 한결

등록번호_제198호

등록일자_2006년 9월 15일

강원도 춘천시 공지로 121-1(석사동 310-5 삼원빌딩)

대표전화_033_241_1740 팩스_033_241_1741

전자우편_eunsongp@hanmail.net

ISBN_978-89-92044-44-8　　03810

ⓒ 전영순

이 책은 　강원도　 　강원문화재단　 후원으로 발간되었음.